ぼくらのセイキマツ

伊藤たかみ

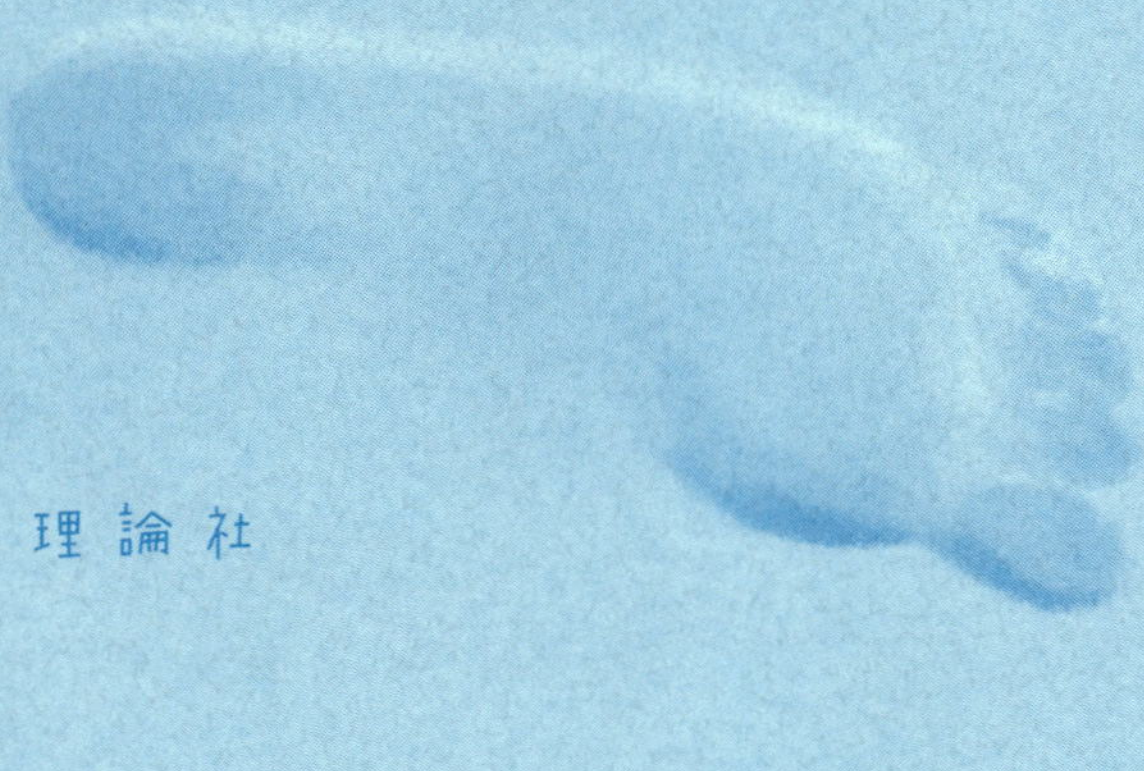

理論社

ぼくらのセイキマツ

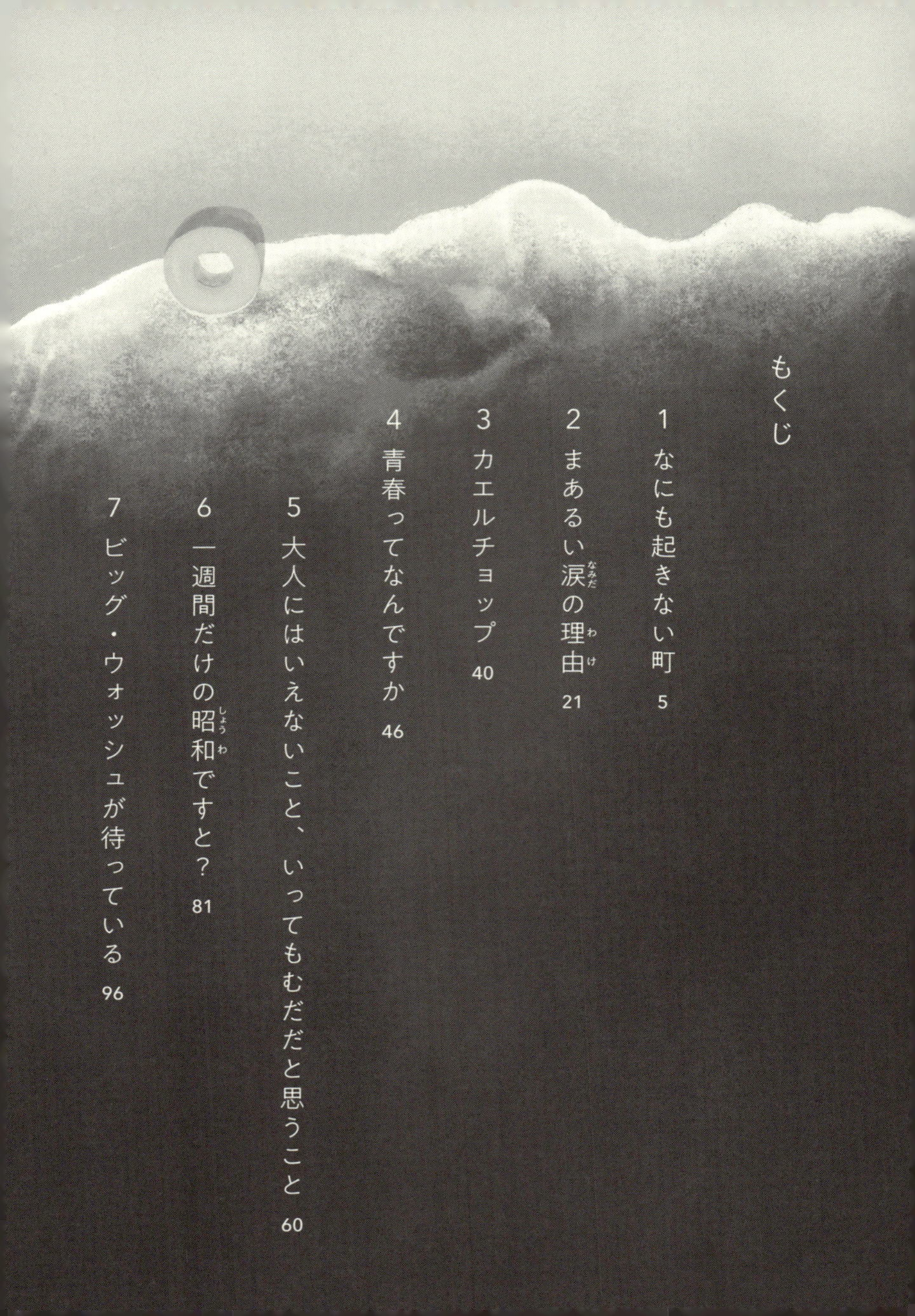

もくじ

装幀／城所潤+大谷浩介（JUN KIDOKORO DESIGN）
装画／しらこ

1　なにも起きない町

授業中、隠《かく》れてノストラダムスの予言書を読んでいた。昔のえらいフランス人が書いた本だ。それによると、一九九九年夏に世界は終わるかもしれないそうだ。すると、あと一年しかない。本当だったら、なにも起きないこの町で最大のビッグイベントになるだろう。まあ、地球滅亡《めつぼう》なんだからわが町だけのものじゃないだろうけど。

もっとも、世の中は別のことでざわついていた。この冬、ぼくらとおなじ県の中学生が、先生をナイフでさすという ひどい事件があったからだ。テレビをつければ「キレる」若者なんて言葉がはやりだした。ぼくたちはもっと前から普通《ふつう》に使っていたのに、それがようやくテレビデビューしたというわけ。そして、メジャーになりすぎたからみんな使わなくなってしまった。好きだったバンドと同じこと。ぼくらの辞書から、言葉がひとつ消えたという、ただそれだけのことだった。そのあとすぐ、うちの町では量販店《りょうはんてん》でナイフを売らなくなったのだけれど、やっぱり誰《だれ》もこまらなかった。そのことでキレたりする子もいなかった。

なにも変わらず、いつもとおなじ。

ここは、本当になにも起きない町だ。

来年は世紀末、一九九九年になるというのに、あいかわらずなにも起きない。なにも起きないまま、ぼくは中学を卒業させられ、志望校なのか志望校じゃないのか、よくわからないまま高校に進む予定になっている。

だからなのか、ノストラダムスの予言書が、最近、みょうに引っかかるのだ。来年の夏で地球が終わるなら、そのときぼくはなにをするだろう？　なにもない町で、なにをするつもりだ？

そんなことを考えながら、これを読むのも三度目になっていた。


本から目をはなす。最近視力が落ちているから、教室の窓からできるだけ遠くを見ようとした。でもここはいなかすぎて、遠くに見るものがない。あるのは空だけ。しかたがないんで、グラウンドを見た。すみっこでショベルカーが穴を掘《ほ》っている。水はけをよくするための大工事で、工事現場とプールのあいだは骨組みと長いシートでくぎられていた。

そこを、こそこそと誰かが歩いていた。遅刻《ちこく》して目だたないようにしていても、背が高い女の子なんですぐわかってしまう。猫背《ねこぜ》でポニーテール。もっと近寄ると、そばかすが見えるだろう。

ナナコだ。775。彼女《かのじょ》の持ちものには、たいてい名前じゃなくその数字だけが書かれている。

「山村一成《やまむらかずなり》君、授業中になにを読んでいるんですか」

びくっとして、本当にイスを鳴らしてしまう。ナナコに夢中になっていて、今度はぼくのほうが先生に丸見えになっていたようだ。

先生はぼくのところにやってくると、ノストラダムスの本を机の下から引っぱりだし、みんなに表紙を見せるように高くあげた。

「……あのねえ。先生もこの本を知ってるけど、地球の滅亡《めつぼう》って一九九九年でしょう。その前に入試があるんじゃないですか? 滅亡は、そのあとですよ」

教室のみんなが笑った。ぼくも一緒《いっしょ》に笑う。ほらね、キレたりしないでしょう。地球はあと一年で終わるのに、そんなことしてる場合じゃないんだもの。

だけど、それじゃあ、なにをしている場合なのさと、自分で自分につっこんでみる。まさか地球を救うつもりなんてないし、みんなまとめて消えてしまうなら、そんなにいやなことだとも思っていない。

ただ、ナナコに告白もできないまま、死んでしまうのだけがつらい気はする。いや、気がするんじゃなくて、きっとそうだ。なにも起きない町で、告白もしないで消えてしまうのはあまりにもつらい。

でも告白ってなあ。どうやってやるんだ、あんなとんでもないこと。


ナナコは一年生のとき、ひと月くらい学校にこなくなった時期がある。それでも二年でなんとか持ち直し、それからは保健室登校なんかをしながら学校に通いつづけていた。教室で授業を受けたくても、入ると急に貧血が起きるそうだ。

この日も遅刻《ちこく》して学校にきたけれど、やっぱり教室までは顔を出せなかった。

「ナナコ部室にいたぞ。荷物持ってきてだってさ」

ヒロから聞いたぼくは、わざと迷惑《めいわく》そうにナナコの体操着入れを引っぱりだした。袋《ふくろ》には大きな文字で775と書いてある。

「なんであいつはぜんぶ俺《おれ》にたのむかな」

「そりゃナナコとしては、ずっと部活が一緒《いっしょ》の、いっせーのほうがたのみやすいんじゃないの。女子トモもいなそうだし」

ナナコは、いっせーのことが好きなんじゃないの、くらいいえよ。内心、ヒロにそういいたかったけれど、口にはできなかった。迷惑そうな顔を作って話を続ける。

「でもヒロだって今は剣道部《けんどうぶ》をやめて、俺らとおなじ文芸部だろ。三年になって、内申点のためにだけ入ってきたんだとしてもさ。三人とも、小学校からおなじだし」

「じゃあ、あれだ。俺にたのむと照れるからかもね」

「それはないべ」

ぼくはヒロをわきにのけ、入れっぱなしになっていたプリントなんかも取りだした。ますます乱暴な動きになってしまうのは、ぼくがナナコのことを好きだからなんだろう。恋《こい》をすると人は強くなるなんてうそだと思う。ぎこちなくなるだけだ。

そんなぼくとはちがい、ヒロは自由気ままだった。ナナコの体操着入れを天井《てんじょう》すれすれに投げたり、ときどき壁《かべ》にぶつけたりしながら歩いている。ぼくはそれを横目で見ているだけで、ナナコのどこかが傷つくんじゃないかとひやひやしてしまう。

「しかしナナコは、授業サボってまた人形遊びしてんのかね」

投げた体操着入れが落ちてきて、ヒロの胸でぼすんと鳴った。

「いっせーさ、ああいうのって正直、どう思う？　文芸部部長としてじゃなく、友だちとして」

「そりゃ心配はしてるけど、やめられないことってあるだろ。しかたない」

「キレたりするよりましか」

「ださい。そんな言葉使うなよ。ワイドショーの人みたいだから」

それにナナコも、キレるとかそういうタイプじゃないはずだ。どちらかといえば、ぼくみたいにノストラダムスを読んでいるほうが好きだと思う。信じるかどうかはともかくとして。

ただ、ナナコの人形遊びが最近、エスカレートしすぎてきたのは確かだった。

三年になってから学校にまで持ってくるようになった大きな人形は、はっきりいってかわいくない。古くて汚《きたな》くて、まっしろに色がぬけた髪《かみ》の毛はもじゃもじゃだ。ぼくとヒロはそいつのことを、隠《かく》れて「ゾビ子」とよんでいた。女の子のゾンビみたいだったからだ。

今やナナコは、そいつに赤ちゃん用の服を着せ、なんと紙おむつまではかせて持ち歩いている。

「人形でもだっこしてないと、やってられないことがあるんだろ、ナナコには。中学生のストレスって、自分でも気づかないから恐《こわ》いんだってテレビの人もいってた。特に三年生のストレスなんてさあ……」

そんなとき、わたりろうかの窓からはしゃぎ声が飛びこんできた。窓から見おろしてみると、二年生の男子が遊んでいる。「最後にさわったやつが、ボールかたづけること！」なんていいあって、バレーボールをぶつけあっていた。ぼくとヒロは思わず「いいなあ二年生は子供で」とぼやいた。自分がつい数ヶ月前まで二年生だったことは、すっかり忘れてしまった。

旧校舎にある文芸部のドアを開けると、いつものようにナナコが一人で人形の世話をしていた。

「おらおらナナコ。荷物、持ってきてやったぞ。ありがとうは？」

ヒロは、体操着入れをナナコのほっぺたに押《お》しつけながらいった。ナナコはめんどうくさそうに、ありがとうと答えた。片手でゾビ子をだっこしたまま、がしがしと紙になにかを書きこんでいる。

上からのぞいてみると、ナナコが夢中になっていたのは、マンガかイラストみたいだった。上の部分には「青春のいけにえ」と書いてある。恐《おそ》ろしいタイトルにふさわしい、おどろおどろしい絵だけど、一応は部誌のテーマをふまえているらしい。

ちなみにわが文芸部は人数不足（ぼくたち三人しかいない）のため、この夏で廃部《はいぶ》になってしまう予定だった。夏休み明けの部誌で最後になる予定だから、みんななにか短編なりなんなり発表しようということになっている。でも、ぼくもナナコもなかなか本気がでなかった。やっぱり読んでいるだけのほうが楽だ。

そこで、せめてやりやすいようにと、テーマを〝青春〟に決めていた。たぶん自分たちだって青春のまっさいちゅうなんだろうから、よく見まわせば、書くことがなにかひとつくらい出てくるんじゃないかと思ってのことだ。でも、甘《あま》かった。この町にはなにもないことを忘れていた。なにも起きないから、青春もない。

「ところでナナコさあ、そろそろロッカーとか整理したほうがいいんじゃないの」

ぼくはナナコのポニーテールをながめながらいった。ゾビ子の髪《かみ》とはちがい、つやがあってきれいだ。

「週末、ロッカー検査あるってよ。よけいなものつっこんでると、先生に捨てられるぞ」

「どうせぜんぶゴミみたいなもんだから、先生が捨ててくれるなら、かえってありがたいんだけど……それより、あとちょっとだから待ってて。ひとりで部室の鍵《かぎ》、返しにいくのいやだ」

「じゃあ集中できるよう、こいつは俺《おれ》がおもりしておいてやる」

ヒロはそういって、ナナコからゾビ子を取りあげようとした。

すると、ナナコのペンが止まった。きっと、ヒロをにらみつける。

「この子にいたずらしないでくれる。ゴミみたいに見えるかもしれないけど、私には大事なんだよ」

「ゴミだなんていってないだろ。なあ、いっせー」

そうはいっても、ゾビ子だなんて名前をつけているんだから似たようなものだった。

それにしても本当に、このまま終業式の日までためこんだら、ナナコのロッカーはとんでもない量になりそうだ。もちろん先生は、いうだけいっても、本当に中身を捨てたりはしない。でも、だからかえってこまる。これがぼくの場合なら、最悪のときは親が車を出してくれるだろう。けれどナナコには今、車を運転してくれる人がいなかった。おばあちゃんとふたり暮らしで、お父さんはちがう町に単身赴任《ふにん》している。確か、月に一度くらいしか帰ってこなかった。

そして、せっかくの車好きだったお母さんは、ナナコが小学生のときに死んでいる。なんでもない道で、たったひとり事故を起こしてしまった。なんにもない町の、なんでもない夜に。そんな時間にどこへいこうとしていたのかは、もはや誰《だれ》にもわからない。

「……よし、終わったー。これ提出して帰ろう。美術のポスター」

「なんだ、部誌のじゃないのか」と、ぼく。「ポスター制作の授業って、だいぶ前のだろ。今ごろ仕上げたの」

「テーマとか決めるの苦手なんだよ、私。自由に書いていいって、反対に不自由だと思わん？」

「自由は不自由。名言だな」

ぼくはあるアニメの、ある登場人物の声をまねた。はっきりいうと、ガンダムのシャアだ。似ていないのに、やるのが好きだったりする。

「そうなの。わかってるね、いっせー」

「それじゃあみんな帰るか」と、ヒロ。「さっさと部室の鍵《かぎ》、返しにいこうぜ、遅《おそ》いとうるさいから」

「ヒロもナナコも、まっすぐ帰る？　それとも、図書館とか本屋とかいくやついる？　いたら手をあげて」

「あ、悪いけど俺《おれ》パス。今日、姉ちゃんの店にいかないといけない。受験生だからって、聞くやつじゃないし」

確かにヒロは最近、お姉ちゃんの店をよく手伝っていた。受験生にそんなことをさせるからには、お姉ちゃんにもそれなりの理由があるんだろう。まあ、単にヒロが勉強から逃《に》げているだけという説もあるが。

ただ、どちらにしたってぼくはなにもいわない。だってナナコとふたりきりで帰れるからだ。

地球滅亡《めつぼう》まではあと三百六十五日と、少ししかない。中学の卒業式まではもっと短い。

人生にはどんなものにもしめきりがあるなんて、どこかの小説家がいっていたっけ。

ぼくとナナコは、ヒロとちがってバス通学だ。みんな小学校はおなじだったのにおかしな話だと思う。ついでに、バス停がどうしてこんなに学校から遠いのかもなぞ。だけど最近、どちらもゆるせるようになった。自転車通学を禁止されても、そのぶんナナコと話せるし、バス停が遠いほどナナコと歩ける。

そしてふたりきりになれるチャンスがあるたび、ぼくは告白のチャンスをさがした。よくねらうのは、たまたま見た時計が、四時四十四分だったり五時五十五分だったりするときだ。こういうぞろ目は天使からのサインらしくて、エンジェルナンバーという。それぞれに意味があるそうだ。たとえば四がならべば、「この調子でがんばりましょう」のサインで、五だったら「これから変化がありますよ」の意味。

この日、バスの時計は、四がならぶまであと少しの四時四十三分だった。これは見なかったことにして、あと一分待つつもりでいると、ナナコが先に関係ないことを口にした。

「ヒロにからかわれたからじゃないけど、私、いつまでこの子育てる気なんだろ。自分でもわかんない」

ナナコは、ゾビ子をだっこしたまま、とつぜんそんなことをいった。なんだかふたりの子供の話をしているみたいなんで、一瞬《いっしゅん》あせった。これじゃ告白どころじゃない。

「人形、どうかした？」

「この子といると、お母さんのことばっかり考えちゃって」

「そいつって、死んだお母さんと関係あったのか」

「あるといえばある」

「なあ。そもそも、ナナコってなんでその人形を持ってくるようになったの。前に聞いたとき、うまく話せないっていってたろ。今もか」

「そういうわけでもないけど」

そういうわけでもないけど、ぼくをそこまで信用はできないってところか。心の中でそうつぶやいた。ふたりは中学になって、いくらか仲がもどったけれど、やっぱりしかたがないんだろう。

なぜかというとぼくは、一度ナナコを見すてたからだ。

どうしてそんなことになってしまったのか。実は、もうはっきりと覚えてない。はじまりは、小学二年生の夏、キスをしたことだった。キスっていっても、唇《くちびる》でハイタッチしたような感じで、あれをキスってよんでいいのかはよくわからない。それでも顔をはなしたあと、これがキスなんだと感じた。すると急に恐《こわ》くなった。それでぼくは、学校からひとりで逃《に》げてしまった。急いでナナコからはなれないと、子供がうまれると思って。

次の日、びくつきながら学校にいくと、なぜかもうキスのうわさが広まっていた。ただし、ナナコが誰《だれ》かと唇をつけたという情報だけ。だから、その相手はぼくなんだと名乗りでるべきか、でないべきか悩《なや》んだ。みんなにばれたくなかったというのもあるし、かえってナナコがいやな思いをするんじゃないかとも考えたからだ。小学生のときから、ぼくはいけているほうの生徒じゃなかった。本をよく読むのと、シャアの似ていないものまねと、あとは口ぶえが少し得意なくらいだった。

結局、ぼくは白状できなかった。その日も、次の日も。日がたてばたつほど勇気もなくなって、なぜかそのうち、ナナコをさけるようにまでなってしまった。いや、ナナコのほうがぼくをさけだしたのか。はっきりしないまま、いつのまにか口をきかなくなっていた。そしてこまったことに、話せなくなってからようやく、ナナコのことが好きだと気づいてしまったのだ。キスと順序が逆だとしても、現実の世界では、そういうことだって起こる。大変なことになったけれど、どうすることもできなかった。

でも、ナナコはもっと大変だっただろう。低学年のころのナナコは、今よりはるかに落ちつきのない子だった。背も高くて目だちたがりで、あれこれといろんなことに口を出すものだから、女子の中ではちょっと浮《う》いていた。ぼくのいた男子のグループとはまあまあ仲よくやっていたけど、そうなればなるほど、女子からは距離《きょり》を置かれていた。だからなのか、ぼくと話さなくなってからは、ひとりでイラストを書いたり、本を読んで時間をつぶすようになった。目だつようなこともしなくなった。昼休みに鉄棒の前で誰《だれ》かとたむろすることも、ろうかを走ることも。

それでもぼくは、自分からナナコに声をかけられなかった。

本当をいうと一度だけかけて、むしされたことがある。

すっかりきらわれたのだと傷ついて、いっそこちらからナナコのことをきらいになろうとがんばった。けれど、たった一日しかもたなかった。ラジオ体操をしているとき、ナナコのポニーテールがはねるのを見て、きらいになるなんてむりだと、小学二年生なのにさとってしまった。だからぼくは、じっと待つことにしたのだ。ふたりがもう一度、キスの前にもどる日まで待ちつづけよう、と。

そうしたらぐうぜん、中学にあがったふたりは文芸部に入ることになった。しかも新入生はふたりのみ。バスも毎日一緒《いっしょ》だし、これで話さずにいるほうが難しい。

けれど、なんとなくもとにもどったせいで、小学生のときの長くぎこちない感じも、タイムカプセルみたいにそのまま残されることになってしまった。なんとかしたいのだけど、もはや、どこにふたりの問題が埋《う》まっているのかわからない感じ。掘《ほ》りだすこともできない。

告白がなかなかできないのには、こういう理由もあるわけだ。

「ナナコ。俺《おれ》らってもうすぐ中学、卒業するんだよな」

ぼくはナナコじゃなく、窓の外を見てそういった。夏の日ざしは、この時間でもまだまぶしい。キスをしたあの日、放課後の学校もこんなだった。

「え？　卒業って、今は夏前じゃない」

「それでもさ、こないだ日数調べたら、卒業式まで三百日ないよ」

そういわれても、まだ実感わかないなあ。ナナコは首をかしげてから、ゾビ子の服のすそを直しはじめた。どうしてなのか女子は、話の途中《とちゅう》で、こんなふうに手を動かすことがある。髪《かみ》の毛の先やつめをいじったり、おかしの包み紙を折ったりする。そうなると、話の続きは男の役目だ。けれどぼくは、続きをあせってしまった。気がつくと時計は四時四十四分をすぎている。エンジェルはもういなかった。卒業まで正確には二百七十日を切っていて、地球滅亡《めつぼう》まではあと一年と少し。そんなときなのに、このまま高校、ばらばらになったらどうするんだよ！　ずっと好きだったんだけど！――頭の中に言葉が一度にふくれあがって、ポップコーン作りをしているみたいになった。バンバン！　もう、フライパンのふたをしっかり押《お》さえている以外にできることはない。ぼくは、話を人形にもどすしかなかった。

「一生、三年生じゃないんだし、いいかげん人形のこと教えなよ。入試会場までずっと持ってくわけにもいかないだろ」

ナナコは、まだだまっていた。やがて窓の外に、大きなサイロが見えてきた。お米なんかを集めておく建物だ。そろそろ、もよりのバス停に近い。

「あのね」

「うん？」

「実はこの人形、あるところからひろってきたものなの。勝手に持ってきたっていうか、つまり、やっぱり、そういうことなんだけど」

「じゃあ、盗《ぬす》んだってこと？」

「万引きじゃないよ。これは捨ててあったものだから」

「それなら、まあ、ゆるされる……のかな。どうなんだろ。ゴミ置き場とかにあったの？」

「そこがびみょうなんだけど」

捨ててあったのは人形じゃなく、家なんだよとナナコはいった。

2 まあるい涙《なみだ》の理由《わけ》

ここの公園は変わっている。まんなかに変な銅像が立っているほかは、自動販売機《じどうはんばいき》くらいしかない。その自動販売機の数がやけに多いもんだから、夜になると明かりを目指して虫がたくさん集まってくる。おかげでいつも人がいなかった。

「最初から盗むつもりじゃなかったんだけど、空き家だったもんだから」

ナナコの話によると、空き家はこの公園の先にある、古い神社の裏からいけるそうだった。

「お母さん死んじゃって、私、こっちのおばあちゃん家に引っ越《こ》してきたでしょ。そのころ、このへんぶらぶらしてて見つけたの」

ナナコの以前の家は、ヒロのところに近かった。この町でもいなかな場所と都会な場所があって、どちらかといえばむこうは都会な区画だ。コンビニも信号機もある。でも、ぼくのほうはいなかだ。いなかオブいなか。牛を飼っている家もちらほらあって、畑のトウモロコシも牛用のやつが多い。夏がすぎると道がどんぐりだらけになって、コーンフレークの上を歩いているような感じになる。気のせいか、学校のそばより昆虫《こんちゅう》がみんなでかかった。

こういう場所だから、小学生で友だちの少なかったナナコは、ひとりで散歩するのが趣味《しゅみ》になった。森にあきると、いろんな家を見てまわったそうだ。持ち主がいなくなった古い家や、何年も人がこない別荘《べっそう》なんかもけっこうある。そのうちいくつかは中まで勝手にのぞいてみたらしい。立派な犯罪なんだろうけど、たぶん神様だって、こんないなかのことまで見ていなかっただろう。

「おばあちゃんと私、あんまり仲よくなくてさあ。だからずっと家をさがしてたんだ。大人になったら、中古で買ってやろうって思って」

「このあたり古い家ばっかりだろ、いいのあった？　別荘だって、昔のばかりになってるし」

「その家ね、なかなかおしゃれだよ。変わったところにあったの。うまくいえないけど、タイムカプセルみたいな町内を見つけちゃって……」

なんだよ、そんな場所聞いたことがないぞ。ぼくは話の続きをせかした。タイムカプセルってなんだ。急ぎすぎて、ナナコは説明にこまってしまったようだ。

「それじゃあ、いっぺん一緒《いっしょ》にその家までいかない？　私、ついでに用事あるから」

「ええ、また無断で入るのか。三年なのに、だいじょうぶかなあ」

「ここまでいわせて私だけいかせる気？　せっかく話したのに、今さら見すてないでよ」

もちろんナナコはふざけていっただけだろう。でもぼくは「見すてる」っていう言葉に弱かった。だったらいこうぜと立ちあがる。


神社へあがる階段を、ナナコは一段飛ばしであがっていった。ナナコのポニーテールがはねて楽しそうだった。男子にうまれてよかったと、つい思ってしまう。なぜって女子は、自分のポニーテールをうしろから見れないから。

ここで告白したい気持ちが、ぐっとわきあがってくる。今じゃないのか。今ここが、ベストじゃないのか。

ずっと見ていたいから、つきあってくれないかな。もしも階段の最後の段に右足がかかったら、ぼくは、そういってしまおうと心に決めた。反対に左足だったら、今は見送れという天使のサインだ。勝手にそう決めてナナコの長い脚《あし》をじっと見た。右、左、右、左。次はどっち？

するとナナコが急にふり返った。うしろにいたぼくは、ポニテにびんたされた。

「あ、当たった？　ごめん」

最後の段が右足だったか左足だったか、もうわからなくなってしまった。

「それより、あっち。トンネル見える？　神社の裏にこんなのあるなんて知らなかったでしょ？」

ナナコが指さした先には、トンネルっぽいものがあった。やぶの奥《おく》だ。ただでさえ神社の境内《けいだい》は見通しが悪いから、お賽銭《さいせん》をあげにきたくらいじゃ見落としてしまう。

「ああいうトンネル、この山の奥にけっこうあるの知ってた？　本当は〝すいどう〟っていうんだって。水が出る水道とはちがう漢字で、すいどう」

「車は通れそうにないな。人間専用の近道みたいな感じか」

ぼくは、うすぐらい闇《やみ》のむこうにむけて、目を細めた。

「あそこに入るとかいうなよ。入り口、封鎖《ふうさ》されてるっぽい」

「入るっていうよ、あそこのゲート開くし。鍵《かぎ》だって、かかってないもん。ついてるけど、ぶら下がってるだけだから、入っていいってことでしょ」

反対だと思う。でも、今さらそんなことを考えても遅《おそ》い。ぼくは、ナナコとすいどうトンネルにむかった。

トンネルの中は不気味だった。壁《かべ》から、ところどころ水が流れている。ぜんぶ赤い色をしていて、それがサビの色だとわかっていても、壁が血を流しているように見えた。わきには古い段ボールがつまれていた。汚《きたな》い軍手やなぞのスプレー缶《かん》も置きっぱなしだ。恐怖《きょうふ》が汗《あせ》になってふきでてきた。でも今はナナコがいるんで、ぼくはもっと恐《こわ》かったときのことを思いだしてやりすごすことにした。最悪のことを思い浮《う》かべれば、目の前のものに勝てるはず。文芸部の想像力は強いのだ。

「……ほら、あそこにでっかいスプレー何本もあるだろ。小学校のときも、似たようなやつヒロと見つけたことあった。裏庭の掃除《そうじ》当番だったときに」

「裏庭、じめじめしていやだったね。バケツとかの下に、ハサミムシのでっかいのたくさんいたりして」

「そうそう。それで、先生が見てないあいだに、排水溝《はいすいこう》の穴にスプレーをぜんぶ噴射《ふんしゃ》してみたんだ。一気にぜんぶ使ってやったの」

「悪いことするなあ男子って。それで、どうなったの？」

「排水溝からネズミとか出てきたらつかまえてやろうって、ヒロとちりとり持って待ちかまえてたんだけど、ぜんぜん出てこなかった」

「なあんだ」

「それで俺《おれ》たちも安心してたんだよ。そうしたら、うしろからきた。どこかほかにも穴があったんだ。でかいコオロギみたいなのとか、とげのあるミミズみたいなのとか、よくわかんない生き物が、ワシャワシャ靴《くつ》の下に……」

「やだ、もう。やめて」

急にナナコは、ゾビ子を抱《だ》きしめたまま走って逃《に》げだした。ぼくは、「待って！」と声に出したいのをぐっとこらえて、ゆっくりナナコを追いかける。サッカー部の三年がアップをはじめるときみたいに、よゆうな感じをよそおった。でも本当は、人一倍、暗やみが苦手だ。暗いのが苦手なのは、想像力が高い人の証拠《しょうこ》らしい。それこそ文芸部にはうってつけかもしれないけれど、暗やみでいばってもしかたがない。とにかく、よゆうな感じをくずさずに走った。


暗やみをぬけて、すぽんと日なたに出た。

日なたの中に、不思議な町があった。

どんなふうに説明したらいいんだろう？　町ってよぶには家の数が少なすぎるから、やっぱり町内なんだろうか。それとも集落だろうか。家はナナコのところほど古くないけど、ぼくの家よりは新しくない。そして、どの家も大きかった。

「なんだここ？　これぜんぶ空き家？　どうしてこんなになってんだ」

この部分だけ、ちがう時代からワープしてきたみたいだった。こんな場所を見つけて、よく今までだまっていられたもんだ。ちがう地図をちぎってはりつけたみたい。文芸部の血がさわいできた。こんな町内ができた秘密とは？　ある日、ここでは、ひさんな連続殺人事件が起きたんじゃないか？　それともここで、軍の秘密実験がおこなわれた。宇宙人による住民の誘拐《ゆうかい》……。きりがないんで、一度、妄想《もうそう》をストップさせる。ふと、ナナコを見た。ナナコもこっちを見ていた。どきっとした。ぼくのことが好きなの？　まさかね。

「ナナコの入った家ってどれ」

「あれ。なんとなく前住んでた家に似てるんだ」

ナナコが指さすと、だっこしていたゾビ子まで、ぴょこんと頭を立ちあげたように見えた。

その家には、がっしりとしたコンクリートの玄関《げんかん》があった。鉄の重たそうな門もついている。門のすぐそばに、焼き物の大きな犬が二匹《ひき》、雑草の中に立っていた。

玄関の門はさびついて、とんでもない音が出るからと、ナナコは裏門へまわった。

裏庭は、表よりさらに雑草がひどかった。そんな中に、バーベキューのセットが残されている。

サーフボードやスキューバの道具まであった。どれも時間がたって、すっかり古くなっていたけれども。

「すごい。サーフボードって、本物、初めて見た。ここの人、海によくいく人だったのかな。うちの近所で、海にくわしい人がいたなんて」

「奥《おく》にもう一枚あったみたいだから、よっぽど好きだったのかもね」

「信じられないなー。あれ、ビーチパラソル？　なんかここ、日本じゃないみたい」

でも、もう見あきているナナコは、虫にさされるから早く家にあがろうとぼくをひっぱった。

裏庭を通って玄関《げんかん》にひきかえす。ドアを開けたナナコは、迷うことなく土足で家にあがった。

靴《くつ》入れの上にはフラダンスをおどる人形が置いてある。人形たちの前には、セミの抜《ぬ》け殻《がら》が、お供えみたいに置かれている。奥の和室にはさびついたミシン。キッチンの冷蔵庫の中には、どうしてだか古い黒電話がつっこまれていた。

ホラーだ。ここはやばい。トンネルのほうがましだ。


置いていかれないよう、ナナコにくっついて階段をあがった。

するとそこで、ホラーな感じが、ぱたりと消えてしまった。カーテンのかかっていないくもりガラスの窓から、明かりが入っていたせいだ。舞《ま》いあがったほこりは、明かりの中で粉雪みたいに輝《かがや》いていた。まるで、クリスマスに売っているスノードームのように見える。透明《とうめい》なカプセルの中で、サンタとトナカイの上にゆっくり雪が舞《ま》うやつだ。

ついうれしくなって、スノードームみたいだねってナナコに話した。するとナナコも、そういえば小学校の修学旅行のときに買ったよと笑って答えた。

「鎌倉大仏のスノードーム、まだ机にかざってあるんだ」

「なんだそれ、俺《おれ》も買った！　仲間、仲間」

「だって私、いっせーの見てつられちゃったんだもん」

それを聞いて、ぼくはうれしくなった。好きな音楽や好きな本がおなじなのもいいけど、どうでもいいところがおなじなのはもっとうれしい。目玉焼きにはしょうゆとか、カレーのルーは左側とか、そういうのが一緒《いっしょ》だと、ものすごく仲よくなれる気がする。でもナナコは、そんなことより早く部屋を見せたいみたいだった。

ナナコが、じゃーんといってドアを開ける。するとそこには、すっかりかたづいた部屋があらわれた。今でも、ここで誰《だれ》かが生活していたっておかしくないくらいだ。

「ここでスリッパにはきかえてね。電気がきてないから、掃除《そうじ》するの苦労したんだ」

ほうきではいたり、ハンディ掃除機《そうじき》を使ったりしていたらしい。ぞうきんがけをするため、家から水をくんできてまでしてがんばったそうだ。

スリッパをはいて部屋にあがる。床《ゆか》には、車や週刊マンガ雑誌がつまれていた。キティちゃんのブラシや化粧箱《けしょうばこ》みたいなものもあるから、男女が住んでいたみたいだ。若いカップルだったのかもしれない。

古いテレビに昔のゲーム機がつながれていた。まわりにちらばっていたゲームソフトは、たぶん、ぼくがうまれたころのものばかりだ。今でも国道ぞいのリサイクルショップで、レトロゲームとして売られているから知っている。小さいシングルCDなんかもあったけど、こちらは知らない歌手ばかりだった。

棚《たな》の上には、なにかのトロフィーがふたつ。トロフィーのとなりには、外国のガソリンスタンドみたいなデザインの置き時計。当たり前だけど、時計の針は止まっていた。ガソリンスタンドのお兄さんにも、車の女の子にも、時間が流れていない。時計だけじゃなく、この部屋の時間がまとめて止まっているようだった。

「なんだかほんと、タイムカプセルみたいな場所だな、ここって」

ぼくはそばにあったベッドに腰《こし》をおろした。かたいマットだけだから、ほこりは立たない。

「それでナナコ、ここをきれいにしてどうするつもりだったの。家出用とかに使うつもりとか？」

「どうせ家出するなら、もっと都会にいくってばさあ」

ナナコはふざけた調子でいうと、ぼくのとなりへ腰をおろして、ゾビ子を寝《ね》かせてやった。お腹《なか》をぽんぽんとたたいて、リズムをとる。ぼくも、うちのネコにおなじことをよくやっている。

「実は私、ここで眠《ねむ》る練習をしてたんだ。家でやってると、受験生なのに昼寝《ひるね》ばかりしてるって、おばあちゃんがうるさいから」

「なんなの、寝る練習って。睡眠《すいみん》学習とかそういうやつか」

「まさか。お母さんに会う必要があったからだよ。死んだ人に会う方法ないかなってずっとさがしてたら、そういう方法があるって知ったの」

ノストラダムスをばかにするくせに、そっちこそ、まさかな話だ。でもぼくはだまったまま続きを聞いた。

「ここは人も車もこないし気が散らなくていいんだよね。自分の家じゃないから、熟睡《じゅくすい》しちゃうこともないし。だから、七月の三者面談までに、なんとか眠るわざを覚えようとしたんだけど」

「三者面談？」

なにか進路で悩《なや》みでもあるのってきくにはきいたけど、悩まないやつなんていないだろう。成績はよくても授業に出ないことが多いナナコなら、なおさらだ。それでも、死んだ人に進路相談をするなんて、ばかげていないだろうか。眠《ねむ》りながら会うっていうのも、きっと、オカルトみたいなものにちがいない。

けれどナナコは、そんなぼくの考えはすでにお見通しみたいだった。

「いっとくけど私、いっせーみたいにノストラダムスとか読んだりするタイプじゃないからね。夢でお母さんに会うっていうのは、ちゃんとした科学的な手段なんだから。私の深層心理に語りかけるってわけ。深層心理ってわかる？　私の心の奥《おく》、自分でも気づかないくらい奥にいる自分と対話するんだよ。でもそれだけじゃうまくいかないから、お母さんのキャラクターを借りるみたいなもんね」

「……なんとなくわかります」

本当はちんぷんかんぷんだったけど、そう答える。するとナナコはベッドに寝《ね》ころがった。ゾビ子とそい寝《ね》になって、天井《てんじょう》を見つめた。

「わかんなくてもいいけどさ」

「わかるよ、なんとなくでも」

「私ね、最近、こんな自分にもあいそうな高校を調べてるんだよね。それで、ちょっとよさそうなところがあったんだけど、そこって私立の全寮制《ぜんりょうせい》なの。だけどうち、お金ないし。だから、大人ならこういうときどうやって決めるんだろうって考えてた。お母さんだったらなんていうかなって」

「おいおい、それよりナナコ、全寮制ってなに。そんなとこいくなんて本気？　この町、はなれる気か」

「でも、みんなにとってそれが一番なんだよ。お金以外は、だけど」

お父さんが再婚《さいこん》しやすいように、今の家をあけてあげようかと考えているのだと、ナナコはいった。なんとお父さんには、今、新しい恋人《こいびと》がいるらしい。単身赴任《ふにん》している部屋に電話をしたら、うしろで誰《だれ》かいる気配がしたそうだ。ほかにもあやしいところはいくつもあるという。

「それに一度、会社の友だちと一緒《いっしょ》にディズニーランドいかないかってさそわれたことだってある」

「勘違《かんちが》いだろ。ナナコのお父さんに、そんなことあるかなあ」

どうしてもナナコのいうことが信じられなかった。

最近はほとんど見かけないけれど、ナナコのお父さんのことを、ぼくはよく覚えている。もちろんお母さんも。というのも、うちの小学校では学校公開日というのが、ひと月に一度、土曜日を使っておこなわれていたからだ。授業参観日みたいなもので、大人はその日一日、どのクラスの授業でも好きなように見ることができた。

ちなみにナナコのお母さんは、ひと目見たら忘れない感じだった。まず、見た目がはでだ。ナナコから聞いていないと、とても親には見えなかっただろう。髪《かみ》の毛は金髪《きんぱつ》を通りすぎて銀髪《ぎんぱつ》に近いくらい。反対に顔は日焼けして黒かった。そのころ、ガングロだとかよばれていたファッションもあったし、いなかのぼくたちの町にも、そういうかっこうをする人もいた。でもナナコのお母さんはオリジナルだった。太陽を見すぎたあと、まぶたの裏でちかちかするやつみたいだった。残像、とかいうんだったか。

そのお母さんにべったりだったのが、お父さんだ。授業中、なんどもミチコさんミチコさんって呼びかけて、先生に注意されたこともある。休日の買いものにも食事にもくっついていた。ミチコさんの影《かげ》ぼうしみたいだった。見た感じがミチコさんと正反対で、まじめをかためて作ったような人だったから、なおさらだ。トンボみたいなメガネをかけ、暑い日でもいつもスーツを着ていた。ナナコにはいえないけど、はっきりいって地味でむさくるしかった。

「……あのお父さん、ミチコさんにぞっこんだったろうが。葬式《そうしき》でだって泣きまくっていたしさ、再婚《さいこん》なんてありえないでしょ。だいたい、子供が受験ってときに、再婚とか考える親いる？」

「でも私、おばあちゃんが電話でお父さんと話してるの、ぐうぜん聞いちゃったんだ。新しい奥《おく》さんでも見つけないと、一生、前に進めないぞって、おばあちゃんいってた。いいタイミングなんだから、過去は過去として忘れてしまえって。それに」

「それに？」

「それに、そもそも私、お父さんとは血がつながってないもの」

「！」

なにかいおうとしたけど、びっくりマークを飲みこむことしかできなかった。

でもそういわれてみれば、納得《なっとく》のいくこともあった。ナナコはお父さんと顔が似てるよねってうちの親に話したら、そんなはずがないでしょう、気のせいじゃないのって、いわれたことがある。それはつまり、こういうことだったのかもしれない。

「だけど私、お父さんのことをきらいとかじゃないからね。今までも育ててくれて感謝してるし。お母さん死んだあとだって、がんばってくれた。それでもやっぱり、お父さんに新しく好きな人ができるのはがまんできないよ。どうしてもっていうんだったら、せめて私の見えないところでしてほしい」

「確かに、それはそうだろうけど」

「だから、お金以外で考えれば、一番いいのは私が全寮制《ぜんりょうせい》の学校に入ることなんだ。そうすればお父さんは、おばあちゃんの家にもどってきて、新しい彼女《かのじょ》と好きにおつきあいができる。私と仲よくないおばあちゃんだって、機嫌《きげん》がよくなる。たまに会うくらいなら、悪い仲じゃないからね、私たち」

ナナコはめずらしく泣きたそうだった。これは事件だ。なにもない、なにも起きないはずのぼくの町にも、こういう面倒《めんどう》な話が転がっていたなんて、ぼくは今まで気づかなかった。

「寮に入りたいって、親には話したの」

「お父さんにいったら、お金のことは心配しなくてもいいって、ぜったいいうに決まってる。彼女がいなくたって、きっとそういっちゃう人だもん。それがわかってるから、かえって相談できないんだ。それにもしもだよ、もしもお父さんがよろこんでいるのに気づいちゃったりしたら、私もうその高校、ぜったいにいきたくなくなる気がするんだもん。私の性格からして、きっとそう。だけど、そんなことしたらこまるの私だし」

変なところで、自分のことよくわかってるんだなと、ぼくは少しナナコに感心してしまった。ナナコは大人で子供だ。子供で大人か。どっちでもいいけど、両方が一緒《いっしょ》に、身体《からだ》の中に住んでいる。

ナナコによれば、眠《ねむ》りの練習中にうまくいきそうなときがあったそうだ。「夢か、うつつか」という言葉があるけれど、まさに夢と現実があいまいになったとき、ミチコさんの姿を見たという。ミチコさんはなぜかお風呂《ふろ》あがりで、頭をバスタオルでふきながら、今、ぼくたちがいるこの部屋に入ってきた。それから、「暑いね。海へいきたくなっちゃう」っていいながら、となりの部屋へと消えてしまった。

「お母さんって呼びかけたら、自分の声にびっくりして、目が覚めちゃったの。本当に声が出ちゃってたんだね。それで私、急いでとなりの部屋のドアを開けてみたんだけど、そこって押《お》し入れだった」

ナナコはそのドアを目で教えてくれた。確かにその先には、押し入れというかクローゼットというか、ぱっと見た目ではわかりにくいドアがある。いろあせてしまった、外国の夜景のポスターが貼《は》ってあるから、よけいにまぎらわしい。

ゾビ子は、この押し入れの中で見つかったそうだ。

「ええ？　なんだか、本当にホラーな話になってきたな」

「ホラーなんかじゃない。そりゃあ押《お》し入れ開けるまでは恐《こわ》かったけど、見てすぐにわかった」

するとナナコは、よく見てみろといわんばかりに、人形をぼくにむけた。でも、意味がわからない。じっと見つめたけど、それはいつもの、不気味なゾビ子だった。

「ゾビ……人形がどうしたの」

「この子、パーマに失敗したときのお母さんに似てると思わない？」

「ぱ」

こんなときにいけないけど、ぼくはついふきだしてしまいそうになった。そういわれてみれば人形の髪《かみ》は白に近い金髪《きんぱつ》だし、肌《はだ》もコーヒー色だし、昔のミチコさんに似ていないこともない。だけど、パーマ姿は見たことがなかった。しかも、失敗しているときの頭なんて知らない。

それでもナナコは本気だった。最後にお母さんと話したのも、こんなパーマのときだったそうだ。

「お母さん、パーマに失敗して、かっこう悪くなったの。だから私、日曜は一緒《いっしょ》に買いものいかないからね、なんていっちゃった。本気じゃなかったんだよ、もちろん。お母さんも、えーショックとか笑ってたし。でも、それが最後の話になっちゃった。だって、そんな、私の寝《ね》てるうちに死んじゃうとか思わなかったから。パーマとか……」

ナナコは、目からなにかをころりと流した。それは、思わず落っことしてしまったような、まあるい涙《なみだ》だった。

3　カエルチョップ

ぼくは人形の頭を、手でなでてみた。白くてもじゃもじゃの頭だ。ミチコさんが死ぬ前の夜も、こんな頭だったのか。笑い事じゃないけれど、ナナコと一緒《いっしょ》に悲しくはなれないのが、ちょっとつらかった。

「このゾ……人形に、よばれてるって思ったのか、ナナコは」

「そういうの信じないほうだけど、やっぱり意味があるような気もして。いっせーなら理解してくれるんじゃない？　ノストラダムスとか好きだし」

「ああ、あれはもともと、ヒロが読めってうるさいから読みはじめただけで」

そういうと、ナナコは残念そうな顔をした。

「じゃあやっぱり、ヒロに説明したほうがよかったかな、こういう話題は」

「いや、いくらなんでもヒロよりは理解あると思うよ。俺《おれ》は思うんだけどさ……」

ヒロに相談されてなるものか。ぼくは急いで口からでまかせをいった。

「この人形を育てるのには、やっぱり意味があるんだよ。ミチコさん、ナナコに育ててほしいんだ」

「うん……でも、どうして？」

「どうしてって、その、どうしてだろう。いや、これは天国のミチコさんからのメッセージというより、本当は、ナナコ本人の思っていることだな。深層心理のお母さんに会うっていうのも、そういうことだろ？」

「ううーん」

ナナコにはよくわからなかったみたいだけれど、むりもない。だって、いっている本人のぼくもわからなかったから。だけど立ち止まって考えるより、適当なことでも話しまくってみたほうが、案外となにかをひらめくもんだ。

「たとえばナナコのお母さん、どうして海だなんていったんだと思う？　ナナコは海に思い出とかある？」

「海にいきたいのかなあ、お母さん……というか、本当は私がいきたいの？」

ナナコはそういうと、閉めきった窓のむこうに目をやった。外は暑そうだ。でもミチコさんの死んだあの年、日本はもっと猛暑《もうしょ》だったとナナコに教えてもらった。それいらい、暑い夏になりそうですとかいうニュースを耳にすると、なんだかざわざわとしてくるらしい。お母さんが帰ってくるような気がしてしまうのだとか。

空き家からひきかえすことにした。うす暗いトンネルを、がんばってぬける。でも神社に出れば、外はまだ明るかった。夏が近いせいだ。

そして明るいと、家に帰るのがもったいなく思えてくる。特にナナコとふたりでいる日はもったいない。そこで公園にもどって、ジュースでもおごってやろうかといった。

「ナナコだけじゃなく、その人形ものどかわいてるんじゃないの。ゾ……ええと」

「ミチコちゃんってよんでる」

お母さんの名前、そのままだった。もしかしたらナナコは、お母さんのことを、ちゃんづけでよぶときがあったのかもしれない。女子ではたまにそういう子がいる。ぼくには考えられないことだった。お母さんの名前にちゃんづけなんてしたら、口が溶《と》ける。

五百円硬貨《こうか》を自販機《じはんき》に入れた。ここのジュースは、あまり知らないメーカーのものだけど、オール八十円だからありがたい。ほとんどの自販機ジュースは、最近百二十円に値あがりしてしまったばかりだ。面倒《めんどう》な消費税のせいだ。

「ナナコは、これにする？」

ぼくは、うらないのついたソーダにボタンをやった。

「それとも、こっちのコーラっぽいやつ？」

「あ、炭酸だめなの。私は好きだけど、ミチコちゃんが」

「じゃあ、これにするか。つまんないけど、いい？」

つまらないというのは麦茶のこと。特に男子のぼくとしては、これにお金を払《はら》いたくないのだけれど、人形ごっこにつきあってやろう。

かたくなったボタンを押《お》す。「がたん」とペットボトルが出てくるはずなのに、「がた」で止まった。最初のジュースを取りだしていなかったから、中でつっかえてしまったみたいだ。機械に手をつっこんでみたけれど、どうしてもつっかえがとれない。

「しかたない、のぞいてみるか」

ぼくは地面に寝《ね》そべった。公園だけど、下はぜんぶ石畳《いしだたみ》なんで汚《よご》れずにすむだろう。

「だめだー。ナナコ、ちょっと、他のボタンとか、おつりレバーとか押してみて」

すると、レバーに手をのばしたナナコが急に大声をあげた。ナナコの声におどろいたぼくは、あわてて手をひっこめた。取り口にうでを引っかけてしまう。

なにかと思ったら、レバーのところにカエルがいたという。でも、いなかの自販機《じはんき》にカエルはつきものだ。夜に集まる虫をねらって集まってくる。レバーのくぼみは、カエルのテーブル席みたいなもんだ。

レバーのくぼみにはまりこんでいたカエルを、引っぱりだしてやった。ちなみに暗やみが苦手でも、カエルやヘビなんかは平気だ。どちらかというとかわいいとさえ思う。それに、くぼみにいたのは、小さなアマガエルだった。

レバーでつぶさなくてよかったと、そいつをナナコに見せてやった。すると、手首にいきなりチョップをくらう。びっくりしたカエルが、ナナコの顔めがけて飛びついた。ナナコもカエルとおなじくらいおどろいて、やっぱりカエルみたいにはねあがった。

そのうち、なにがどうなったのか、ナナコはカエルを手でつかまえてしまった。ぐうぜん、むこうから手の中に飛びこんでいったらしい。ナナコは手がかたまって開けなくなった。グーのま、カエルの入った手をぼくに押《お》しつけてきた。ぼくは走って逃《に》げた。するとナナコも、グーのまま追いかけてきた。カエルはきらいじゃないけど、真顔のナナコが恐《こわ》い。

ナナコがもし、追いついたら――。走りながら、ぼくはそんなことを考えていた。ぼくの肩《かた》に触《ふ》れたら、その手首をぐっとつかんで引きよせよう。少し力を入れたら、ナナコは手を開くだろう。カエルは逃げていくだろう。

ナナコは、痛いよと怒《おこ》るにちがいない。

その油断したすきに、告白してやる。ことわるヒマなんか与《あた》えてやるものか。恋《こい》の連続攻撃《こうげき》。

コンボだ、コンボ。

4　青春ってなんですか

それで結局、そうなったわけ？　ヒロは、ぼくの鼻にはられたバンドエイドを、ひっぺがすまねをした。

「顔面から転ぶなんて、まあまあ」

「鼻の頭は目だつから、バンドエイドなんてどうかって思ったんだけど」

ぼくはヒロの手を払《はら》いのけて、そういった。

「だって、ケンカしたみたいだろ？」

「ケンカには見えないけど、充実《じゅうじつ》してるようには見えるよ、いっせー。お前ら中三なのに、青春みたいなことしてていいのか」

「これのどこが青春なの。ど、こ、が」

そこへ文芸部顧問《こもん》のたぬきち先生が部室にやってきた。また一日、夏に近づいた暑い日だったのに、いつもどおり白衣を着ている。涼《すず》しい顔で、コピー用紙を机に広げた。

ちなみに、たぬきちというのは本名が「田貫《たぬき》」だからついただけで、見た目からして、ちっともたぬきっぽくない。それどころか、きつねに近い。そうじゃなかったら、三角定規のきびしいほうみたいだ。九十度、六十度、三十度の、武器みたいなほうに似ている。

「さて、最終号は、こんな感じでいこうかと思うんだな」

先生が見せたのは〝台割り〟だった。本や雑誌を作るときの設計図みたいなもので、何ページから何ページまでは誰《だれ》それの小説、何ページから何ページまではイラストみたいにして、内容がわりふりされている。

「それで、最初の小説とイラスト、両方ともテーマは本当に『青春』でいいんだな？」

「いいですけど、なにか？」

ぼくはきいた。前も話したとおり、そのテーマは、ぼくとナナコで前から決めていたものだ。でもたぬきち先生は、ちょっと首をかしげて、「だってきみたち、今が青春のまっただ中じゃないか」という。

「青春のまっさいちゅうに、テーマが青春だなんてなあ」

すると先生は、空中をさっとつかんだ。羽虫を手のひらでつかまえたのかと思ったら、空っぽの手を広げた。

ぼくは目をこらして見てみたけれど、手のひらのほかにはやっぱりなにもなかった。

「それは空気みたいなもので、なくしてから、あったと、気づくものだったりするだろう。水にもぐったときなんかに、初めてありがたみがわかる」

「先生、ぼくらはみんな中三なんで気づけるんですよ。受験のせいで、青春とかもう終わってますから」

「いっせーのいうとおり」

悲しいことというなあ、きみたちは。先生はぼやきながら台割りを指さした。ぼくたちも中身をのぞきこむ。

「先生、それよりこれって?」

ヒロが、台割りの中身を指さした。小説ではなくて、『読みもの』のコーナーだ。うちの部の場合は、超《ちょう》短編でもコラムでもマンガでもいいことになっている。

「ここ、『十年前の私へ』ってタイトルになってるんだけど、まちがってない? 前じゃなくてあとだろ。十年後」

すると先生は、それでいいのだと自信まんまんに答えた。

「確かに十年後もいいけど、クラス文集とかでも書かされるかもしれないだろう。だからこっちは前にしよう。それにさっきもいったとおり、本当の青春はすぎさってから輝《かがや》くもんだぞ。過去へ押《お》し流されればされるほど輝く。アンティーク家具や星や初恋《はつこい》とおなじなんだ。一度、過去についても考えてみるといい」

「先生ってときどき、みょうにロマンチストになりますよね。理科の先生にしとくのはもったいないくらい」

ぼくは笑った。でもたぬきち先生はいつも真顔だ。なれないと、怒《おこ》っているのかよろこんでいるのかわからない。

「先生のことをすぐそうやってちゃかすけどなあ、大事なことなんだぞ。中三の時期だからこそ大事なんだ。なのに最近は、過去をそまつにしすぎる風潮があっていけない。過去をふり返るのはやめましょう、意味がありません、未来しか変えられませんなんていうさびしい人が多い」

「だけど人間は、未来にしか進めないでしょ、正直な話」

ヒロはわざと反論する。文芸部は今年からなんで、こういうやりとりがおもしろいらしい。ぼくとしては、いつものことだったから、ふたりのやりとりをにやつきながらじっと見ていた。

「確かにそうだ。けれど、ふり返らずに進むのは、バックを使わない初心者運転の車みたいなもんだ。人生の初心者だな」

「だったらバイクはどうなるのさ。バックなんてついてないよ」

「なんだ？　バイクはバックついてないのか？」

「えっ？　ついてるっけ？　いっせー、バイクにバックついてたっけ？」

知らない。バイクにも車にもほとんど興味がないんで、まったくわからなかった。ただ、大型のバイクにはバックがついているのもあると、ゲームセンターのクイズゲームで見かけたような気もする。そのことを話してやると、先生は急に「そういえば先生、大学のときに少しだけ乗ってたんだった」といいだした。

「忘れてたよ。でも、彼女《かのじょ》ができて、すぐにバイクやめたんだった、ヘルメット面倒《めんどう》だっていわれて。そうそう、あのときのバイクにバックなんてついてなかった」

これだから、たぬきちは。ぼくはそう思いながらも、たぬきちがバイクでカーブを走りぬける姿を想像していた。頭の中に、たぬきちの白衣がはためいてしまう。大昔のヒーローみたいに。どんな大人にも、青春があったんだよなあ、うそみたいだけど。うちの親だって、恋《こい》をしたわけだろうし。信じられなくても、そうじゃないとぼくはこの世にいなかっただろうし。

むっつりした顔で考えていたぼくをよそに、ヒロは、彼女の話をもっと聞かせろともりあがっていた。でもたぬきち先生は話そうとしない。過去をぼくから切りはなすことはできないだとか、てきとうなことをいってごまかそうとしていた。

「……とにかく、もっと過去を大事にするように。忘れずにいるんだぞ。それは人にとって、大切な貯金になる。唯一《ゆいいつ》の、増えつづけていく財産だ」

なんだか「たぬきち名言集」みたいなまとめで、この日のミーティングはお開きになった。

それでもこの話は、放課後になってもなぜか頭に引っかかった。バイクについていないバックのことや、未来と過去のことも。

だから、帰りによった本屋でバイクの雑誌をめくった。ちょうど、ツーリングの特集をやっていた。写真の中のふたりは、海岸のカーブをゆったりと走っている。またがっているのは、ビッグスクーターってやつだ。巨大《きょだい》な原付《げんつき》みたいで、若い人があちこちカスタマイズして走っているのを、最近国道でよく見かけるようになった。

ファッション雑誌にあきたヒロもやってきて、おなじ雑誌をのぞきこんだ。こんなふうに彼女とバイクで旅にいきたいな、と写真を指でさす。なんでも指さすのはヒロのくせだ。なれない小説を読むときもやっている。

「バイクはむりだけど、せめて彼女《かのじょ》とどっかいきてえ」

「その場合、先に彼女だろ」

ぼくは笑った。でも、事実だ。「まあ、高校入るまではがまんだねー。今すぐ彼女ができたって、遊べるのはせいぜい春休みからだろうし」

「それについて俺《おれ》も考えてたんだけどさ、春休みって遠すぎねが？」

「なまってる」

「なまるよ、そりゃ。つまらない夏休みなんて、うまれてこのかた経験したことないんだから。そんなの悲しすぎるだろ。だからせめて、俺たち夏休みに、軽めのイベントしようぜ。なあ、いっせー？　文芸部の最後のテーマは青春じゃないのかよ」

そして、うしろからぼくの首にうでをまわしてしめた。体育のあとで使った、デオドラントスプレーのにおいがした。ちょっとつけすぎだ。

「く、くるひい」

「俺たち文芸部ってさ、他の部活みたいに、夏の大会で引退ってのがないから、かえって区切りがない気がするんだよな。なんかこう受験に、すぱっと、切りかわれないっつーか」

「しめながら……いうな……」

ギブアップの印に、ヒロのうでを三度たたく。けっこう本気でしめられたんで、声がハスキーボイスになっていた。この声ならロックバンドで歌でも唄《うた》えそうだ。

「げほ。新入部員のくせに、えらそうにいうなあ、ヒロ。だいたい夏の大会で引退って、そんなの運動部だけだろ？　パソコン部とかボランティア部とかにいる三年だって、夏なんか地味だと思うけど」

「いいや。パソコン部はボウリングいくってよ。そんでボランティア部は、サマーキャンプみたいなのにいくとかなんとか」

そんな情報を聞いて、あいつらずるいなとつい思ってしまった。それって、いつぞやのナナコじゃないけど、本当はぼくが海にいきたいってことなんだろうか。すると、待ちくたびれたヒロがうでをのばして雑誌のページを先にめくった。でんと海の写真が広がる。雑誌の写真にありがちなまっ青な海とかじゃなく、どこか、日本の海水浴場みたいなところだった。岩場があって、白すぎない砂浜《すなはま》があって、リアルな青春が印刷されているみたいだった。

「海だ」

なぜかふたりとも、おなじタイミングでつぶやいてしまう。するとヒロが大急ぎで、「サンキュー・チョコレート！」といった。ぐうぜんおなじことを口にしてしまったら、そういって相手をたたいてもいいというルールが、うちの小学校にはあった。よその学校では、ハッピー・アイスクリームとかいうんだったか。とにかく、なん年ぶりに聞いた言葉だ。

子供かよといってやろうとしたら、「サンキュー」と頭をはたかれた。やめろよといったら、「チョコレート」と、またはたかれた。それで今度はぼくがヒロの首をしめてやった。

気がつくと、となりの女の人がうっとうしい目でこちらをにらんでいた。つい学校ののりでさわいでしまったからだ。ぼくは雑誌を置いて、すみませんと軽く頭を下げ、さっさと本屋から出た。でもヒロはまったく反省していない。横にならんだまま出ようとして、自動ドアにぶつかり大きな音を立てる。さらに、「そこでチョコレートのソフトクリーム、おごれよ」なんて大声で話しかけてきた。

「うるさいよ、そっちがおごれ。子供みたいなことして。だから中学生はきらわれるんだ」

「きらわれてないだろ。それに、さわいだのお前だ、いっせー」

ヒロが笑うと、矯正《きょうせい》が終わったばかりの前歯が、きれいにならんでいた。ピアノの鍵盤《けんばん》みたいだ。

「よし。それじゃヒロ様がおごってやるから、アイス食べながら夏休みの計画立てようぜ。さっきの雑誌みたいな海とかよくない？　青春しないと、青春は書けないって」

「なにいってんだ。海ってわかってんのか？　泳ぐ海だぞ」

「当たり前だろ。釣《つ》りにさそってるんじゃない」

「だったら、なおさらだろが」

　このあたりの感じは、海なし県の、ぼくたちの町で育った、地元のやつらじゃないとわかってもらえないかもしれない。ぼくたちにとって、海は身近なものじゃなかった。うちの町からだと交通の便が悪いこともあって、泳ぐといえばプールだった。巨大《きょだい》な県民プールこそ夏なのだ。そんなだから、彼女《かのじょ》と海へいった記念に浜辺《はまべ》の砂を持ち帰ってきた先輩《せんぱい》だっている。あこがれの甲《こう》子園《しえん》に出て、砂を持って帰るような気分だったにちがいない。夏の終わりに恋人《こいびと》と別れたくせに、そのあとも砂だけは大事にしていた。

「海水浴だなんて、受験生がやってる場合じゃない。そもそも、男ふたりで海なんかいったっておもしろくもなんともないしさ」

「なんで男ふたりだ。文芸部の活動だろ」

「えっ？　文芸部全員で？」

「いや、たぬきちはよばないぞ」

　きょとんとした顔でヒロはいったけど、たぬきち先生のことなんて、ぼくも最初から考えていなかった。

「……まさか、ナナコ？　ナナコはむりだよ？　百パーむり」

「なんでむりだ。お前よりナナコのほうが海、似合うし。小学校のときだって泳ぐのうまかったろ。あいつ、最後のプール授業で、すごい長距離《ちょうきょり》泳いだの忘れたか」

忘れるわけがない。むしろそのとなりにぼくがいたのをヒロは忘れている。最後だから、どれだけ泳げるかためしてもいいと先生にいわれて、ぼくとナナコはチャイムが鳴るまではりあった。すさまじいバトルだった。あのときのぼくは、泳いで泳いで、ナナコになにかを伝えたかったんだろうと思う。

そこでぼくは当時のことを話してやったが、ヒロはよく覚えていないみたいだった。

「まあ、いっせーが泳いでたんだったら忘れてもしかたないわ。ナナコとちがって、お前、目だたないからさ。しかも男子だし、見てて楽しくない。たぶん見ないようにしてたんじゃないか、俺《おれ》。ははは」

「悪かったな。けど、海水浴で真剣《しんけん》に泳ぐやつなんかいないだろ。泳ぎのうまさとか関係ないんだよ」

「じゃあ、みんな海でなにするんだ」

「それは知らないけど、とにかく、ナナコは海になんかいくわけない」

けれど、そこでちょっと思いなおした。そういえばナナコは、海にいきたいのかなって自分で自分に聞いていなかったっけ。心の奥《おく》にいる、本当の自分がいきたがっているのかな、だとかなんとか。するとぼくの頭の中に、砂浜《すなはま》を走るナナコがくっきりと浮《う》かんでしまった。ビーチボールをパスすると、ナナコとポニーテールが一緒《いっしょ》にはねる。その空想はあまりにも強烈《きょうれつ》で、鼻の奥が痛くなってきた。

まさか鼻血じゃないよなと手をやると、ヒロが「ナナコ？」という。一瞬《いっしゅん》、自分の頭の中を読まれたのかと思った。

「ナナコがどうしたの？」

「いっせー、あれってナナコの家のばあちゃんじゃない？」

確かに、ナナコのおばあちゃんが、先にあるアイスクリームとたこ焼きの店にいた。ここは広い駐車場《ちゅうしゃじょう》を取り囲むようにして、薬屋や本屋がずらりとならんでいるショッピングセンターだ。市が運営しているマイクロバスの停留所もある。おばあちゃんもきっとそのバスできたんだろう。

ナナコのおばあちゃんだからって、わざわざあいさつしにいくほどじゃないけど、ぼくたちはアイスクリームのついでみたいに、そばへいった。ぼくは小さなころから近所なんで、むこうもすぐに気づいた。

「山村君、ナナコを学校で見だけ？」

どうやらおばあちゃんは、ナナコが今日、登校していなかったのを知ったばかりらしい。近所のおばさんから、学校の反対のほうへ歩いていくナナコを朝に見かけたと、さっき教えてもらったそうだ。

この場合、すぐ学校か警察に電話をするべきだろう。でも、ナナコがこんなふうにふらりといなくなるのは、今までもあった。そこでぼくたちは、ナナコのいきそうなところを先にさがすことにした。そのあと見つかっても見つからなくても、とりあえず七時までには連絡《れんらく》を入れますと約束をする。おばあちゃんは、それならたのむといって、ぼくたちが出てきたばかりの本屋へむかってしまった。そこにいないのはわかっているのに、ぼくはなぜだかおばあちゃんに教えようとしなかった。ナナコを見つけるといいながら、ナナコのために時間も稼《かせ》いでいた。

「……今日はもう帰るわ、ヒロ。ナナコをさがしてみる」

ナナコがいるのは、きっとあの時間の止まった町だ。トンネルのむこうの町にちがいない。ぼくはそう確信していた。

でも、そこで引っかかった。トンネルだ。あのホラーみたいな「すいどう」はどうする。暗やみの苦手なぼくが、一人でぬけるのはむりっぽい。

5　大人にはいえないこと、いってもむだだと思うこと

あの町にヒコをつれていっていいか、ナナコに聞くよゆうはなかった。なにか事件にまきこまれた可能性だってある。

ヒロとふたり、トンネルをぬけた。空き家についたのは、そろそろ空が夕焼けになりそうな時間だった。すぐに二階へあがって部屋を開ける。ぼくたちがくるのをわかっていたように、そこでナナコが待っていた。

「さがしたなら、ごめんね」

いきなりナナコはあやまったけれど、ぼくたちは怒《おこ》っていなかった。まったく、これっぽっちも。ただ、女の子が悲しそうにしていると、男子はやることがわからなくなるだけだ。優しさはちゃんと持っているはずなのに、使い方が急にわからなくなる。

そこでぼくらは、しばらくのあいだ、ナナコと一緒《いっしょ》に座っているだけにした。

日がくれてきた。ぼくは学校指定のスポーツバッグから、タオル地の大きなハンカチを出して、ミチコちゃんにかけてやった。

ハンカチに気づいたナナコが、ふせていた顔をようやくあげた。でもまだ、家にもどれそうな感じじゃない。ぼくは、先に家へ電話をかけてきてくれないかとヒロにたのんだ。この近所に電話をかけられるところはないから、トンネルをひとりでぬけて、あの自販機《じはんき》のある公園までもどらないといけないだろう。その役目は、ぼくじゃむりだ。

「どこにいたっていうことにする？」

部屋を出るとき、ヒロが聞いた。いつもふざけているみたいでも、ナナコがここを大事にしているのは、ちゃんとわかったらしい。本当の場所を大人に教えるつもりはないみたいで、ありがたかった。ぼくはちょっと考えてから、ずっと歩きつづけていたということにしようといった。そのほうがナナコらしい気がしたからだ。

そして、ふたりきりになる。

「お腹《なか》減ってないか」

カバンから「きなこねじり」を取りだす。よく友だちに笑われるけど、ぼくの好物だ。ジッパーを開け、まずは自分のぶんを食べた。

「なんでこれ、みんな好きじゃないんだろな。スニッカーズの中身だけ食べてるみたいでおいしいのに……あ、でも、少し石けんのにおいうつっちゃってる」

これのせいだろうと、またバッグをさぐった。自分でもなにを緊張《きんちょう》しているのかよくわからないのだけど、動いていないと、間がもたない気分だった。最近、ナナコといるときの無言が苦手だったりする。告白のチャンスをいつもさがしているのに、静かになると逃《に》げたくなる。

学校指定バッグの奥《おく》には、紙石けんのケースが入っていた。クラスの女子がくれたやつで、切り細工みたいな紙を水につけてこすれば、石けんになる。一度も使ったことはないけれど、そうすれば泡《あわ》も出るみたいだった。

「よかったらナナコにあげようか。俺《おれ》、使わないし」

「……その石けん、誰《だれ》にもらったの」

ようやくナナコもしゃべった。この調子だ。ぼくは先を続けた。

「うん？　クラスの笹岡《ささおか》さんがくれた。あまってるから、やるってさ。ほら」

「いらない」

「なんでだよ。もらったものあげたら失礼だけど、ずっと俺のバッグに入れっぱなしっていうよりいいだろ。もちろん、笹岡さんにはいわないし」

「そんなの関係ない」

「じゃあ、なんだ」

だってそれは、おまじないの石けんかもしれないからだよなんてナナコはいう。なんの話かと思ったら、中一のときはやったすごい恋《こい》まじないがあるそうだった。紙石けんを好きな子にプレゼントする前に、ないしょで一枚ぬきとっておく。それを学校にいるあいだ、ずっとブラジャーの中に入れておくらしい。そんなおまじないが本当にあって、うちの中学で本当に誰かがやっていたのかなんて考えると、ぼくは変にこうふんしてしまった。

「すごいな、それ。さすがに笹岡さんはしないだろうけど」

「そんなのわかんないよ。笹岡さんだってブラジャーくらいはしてるだろうから」

「いや、そっちじゃなくてさ」

そうじゃなくて、笹岡さんが、そんなおまじないをする理由がまったくないということだ。笹岡さんがぼくを好きなわけがない。二年のときからおなじクラスだったのに、ちゃんとしゃべったのは、この石けんのことぐらいだった。

けれどナナコは、好きになるのに、会話なんか関係ないという。

「だって、好きかもって一度気づいたら、もう話しても話さなくても関係なくない？」

確かに、それはそうなんだろう。ぼくだってあの事件から何年もナナコと話す機会がなかったけれど、ずっと好きだった。むしろ、どんどん好きが濃《こ》くなっていくみたいだった。だけどそれって、キスの前からふたりは仲がよかったせいだ。仲よしの貯金が最初からあったせいだ。

それでもナナコは意見を変えなかった。

「なんだ、そこまでいうってことは、ナナコにもいるのかよ、そういうやつ。相手、誰《だれ》さ？」

「なんで、いっせーにいわないといけないの」

「いいだろ、俺《おれ》たちの仲なんだから教えろ。誰？」

「いない」

「さっき、いるっていったのに」

「そんなこといってないよ」

話はどんどん変な方向へむかっていた。これじゃ、なにをしにきたのかわからなくなりそうだったので、原因になった紙石けんをバッグの中にもどした。今はこんなことをしゃべりたいわけじゃない。それからもう一度、きなこねじりをナナコにすすめる。二本のうち一本はぼくが食べるつもりだったけど、今度はナナコが両方ともとってしまった。やっぱりお腹《なか》がすいていたみたいで、まとめて口にほうりこんだ。

きなこねじりは、口の中の水分をうばってしまう。力を入れないと口が動きにくくなる。でも、そのおかげでナナコの口に勢いがもどった。言葉をひとつずつ、口の中からひっぺがすようないいかたで、「そんなことよりっ、ほかにっ、聞きたいことあるんじゃないのっ」と聞いてきた。

「今日っ、どうして私が学校っ、無断でサボったのかとかっ。そういうのっ、しちゃだめだろって、叱《しか》りにきたとかじゃ、ないのっ？」

「なんか、こっちが叱られてるみたいなんだけど」

ぼくは笑った。きなこにすくわれるなんて。

「そもそも、俺が怒《おこ》る理由ないもの。ただナナコの様子を見にきただけ。そんなことより、話したいこと話してみろよ。サボった理由でもいいし、ここでなにしてたかでもいいし」

「そんなふうにいわれたら、かえって話しにくい」

「でも、ふたりしてだまってるの苦手なんだよなあ」

「どうして。ヒロとは、だまったままで一緒《いっしょ》にいるときよくあるでしょ」

「それは、あいつが男で、ナナコは女子だからだろ」

するとナナコは、女子ねえとつぶやきながら、きなこを飲みこんだ。本当に、ごくりという音が鳴って、のどが波うった。そういえばナナコには、のどぼとけがない。当たり前だけど、やっぱり女子だった。

「……女子っていったら、いっせーって笹岡みたいな女子はどう思う。前むきで元気な子って。うしろとか、ぜったいにふり返らない子ね。そういう子、好きかきらいかでいえば、どっち」

「なんで急に二択《たく》問題？　どうしたの」

「じゃあもう話したいことない。はい、終わった」

「その、じゃあって、どっからきてるんだ。笹岡さんは関係ないだろ。なんかあったのか」

「ないよ」

「なんだ変なやつ。お前、まさか笹岡さんとケンカでもした？」

「まさか！」

「じゃあ、実は俺《おれ》のことが好きで意識してるとか？　ナナコも、紙石けんくれるのか」

別にブラジャーの話はしてないのに、変態いっせー、とつきとばされた。でも、つきとばされてちょっとうれしかった。大げさに痛がると、ふたりがいつもっぽくなる。いつもっぽいということは、告白のチャンスから遠いということになるけれど、やっぱり気が楽でよかった。

ついでにナナコもリラックスしたみたいで、また話をはじめた。聞いてみれば笹岡さんは関係なくて、おばあちゃんとまたケンカをしてしまったそうだ。今回はいつもより傷ついて、学校にいく途中《とちゅう》でがまんできなくなったらしい。

「なんでおばあちゃんは、お母さんにつらくあたってばかりいたのって聞いたんだよ。私みたいな子供がいるのに、お父さんと結婚《けっこん》したから、気にいらなかったのかって。そうしたら、昔のことはもう忘れたなんていうんだ。私は昔のことをしぶとく覚えていて、子供らしさがない、だってさ。もっと、前むきに生きなさいなんていうし！」

話を思いだすと、ナナコはまた怒《いか》りがよみがえってきたようだった。まさかだいじょうぶだろうとは思ったけど、ねんのためミチコちゃんをひなんさせた。だっこしながら、ナナコの話を聞く。

「なるほど、それで学校こなかったのか」

「そう、だから今日のは本物のサボり。病気は関係なくて、いらついただけ。キレそうになったってやつ」

そこでぼくは、教室に入れないのは病気じゃないだろといおうとしたのだけれど、ナナコは先に話を続けた。

「……やっぱり、血のつながってない私とおばあちゃん、一緒《いっしょ》に暮らすのってむずかしいのかなあ。はなれていたときは、こんなじゃなかったのに……お父さんもやっぱり、私にがまんしてるのかも」

「血とか関係あるか？　それって、ただ俺《おれ》らが中学になったからだろ。思ったことを口でいうようになっただけなのに、大人はそれをハンコーキだなんていうんだから」

「でも、いっせーは家の人とみんな血がつながってるもの、うちの感じわかんないでしょ。お父さんはきみのお父さんだし、お母さんはきみのお母さんだし」

お母さんは、きみのお母さん。お父さんは、きみのお父さん。当たり前の言葉なんだけど、今のナナコがいうと、それが目に見えない線みたいに見えた県境とか国境とか、そういう、透明《とうめい》のさびしい線みたいに思えた。

こんなときは、話題を早くずらしたほうがいい。

「……俺にわからないかもしれないけど、とにかくナナコは今のままでいいと思う。昔のことにこだわったたって、いいだろ」

「そう？」

「いいよ。そういえば、たぬきち先生もちょうどそんなこといってたところだわさー」

そこでぼくは、先生からあずかっていたナナコのぶんの台割りを渡《わた》した。「十年前の私へ」という読みものについて説明したあと、今のナナコには、このテーマがぴったりじゃないのと、ぼくなりに元気づけてやった。昔ついでに、十年前の自分に聞いてみたらいいとも。

「家を出て寮《りょう》に入ること、十年前のナナコだったらなんていうか想像してみなよ。そっちのほうが、夢の中でミチコさんをさがすより楽だろ」

「十年前の私なんて、ただの子供だったから意味ないと思うけど。おもしろそうだから、いこういこうっていうだけじゃない？」

「寮なんて入ったら、さびしくなるのに？」

「それは、すぐなれるから」

「なれるかあ？　なんかもっといい答、あるんじゃないの」

本音をいってしまうと、このときぼくが思っていた「もっといい答」というのは、ナナコが寮に入ることを考えなおすってことだった。寮のある学校は遠い町にあるから、もし入学してしまえば、ぼくたちとはそうそう会えなくなってしまうだろう。それでナナコは本当に、さびしいと思わないいんだろうか。それともナナコには、そんなことどうでもいいんだろうか。

そこでふと、小学校を卒業して中学に入ったばかりのときを思いだしてしまった。ヒロが剣道《けんどう》部《ぶ》の友だち、それもちがう小学校からあがってきたやつの話ばかりするんで、なんだかおもしろくないなって感じていたときのこと。変なやきもちを焼いて、ぼくはしばらくヒロと距離《きょり》を開けたんだった。それで、ぜったいに運動部に入るのはよそうと思って、つぶれかけの文芸部に入ったりもした。

考えてみると、過去にこだわるのって、ぼくのほうなんだろうな。人でも、ものでも、変わっていくことが苦手だ。もしかすると、なにもない、なにも起きない町にうまれて一番よかったのは、ぼくかもしれない。

それでいて、ノストラダムスの世紀末を待っていたりもする。ぜんぶ消えてなくなればいいって。おかしなもんだ。

ヒロがまた空き家にもどってくるのか、そのまま帰ってしまうのか、話しておくのを忘れていた。それでナナコと、あと三十分だけ部屋で待ってみることにした。

そのあいだナナコは、ミチコさんのことを話した。中学生のころのミチコさんは問題児だったそうだ。昔の不良みたいなものだったのかもしれない。ただ金髪《きんぱつ》だったのはそれが理由だからじゃなく、若白髪《わかしらが》が原因だった。学校では生徒が髪《かみ》を染めるのを禁止していた時代だったけど、中学に入ってからのミチコさんは、ばかな決まりにしたがうのをやめた。目が見えない人はメガネをかけるし、歯のない人は入れ歯にする。なのに白い髪を黒くするのは禁止なんて、そんなのおかしい。だからもともとは、黒髪《くろかみ》にしていたという。

ただ、怒《いか》りを少しためすぎた。ナイフなんか持ちださないだけましだろうけど、ミチコさんはある日、ついに爆発《ばくはつ》して――ださいいいかたをすれば、ある日キレて、髪の毛をぜんぶ染めなおして学校にきた。黒じゃなく、白のほうにそろえてきたというわけだ。だってそっちもミチコさんの自然な色だ。でも学校では、すっかり問題児あつかいされるようになってしまった。

あとは、うちの町でたまにきくコースをなぞったようだ。そのままなんとなく中学を卒業して、なんとなく地元でぶらぶらしたあと、なんとなく大きな町にひとりでうつっていった。この町をはなれれば、なんとなく、なにかが起きると期待したのかもしれない。白髪を染めることとか、マイナスさがしが大好きな大人をやりすごす方法とか、自分だってそのうち大人になってしまうこととか、そういうつまらないこと以外の、なにかいいことが。

「でも、そのあたりの話、お母さんはちゃんと話してくれなかった。すぐに、私がうまれたときの話に飛んじゃうんだよね。ずるいの」

「いそがしくて覚えてなかったんじゃない？　俺《おれ》も大人になったら、中三の記憶《きおく》、ほとんどないと思うよ」

「どうだか。私の本当のお父さんの話、したくなかっただけじゃないかなあ。あんまりにも速攻《そっこう》で別れちゃったから。そのかわり、今のお父さんと出会ってからの話は、うんざりするくらい聞かされたよ。耳の穴がひりひりしそうなくらい……」

海のある町で、おたがい雷《かみなり》が打たれたように一目惚《ひとめぼ》れしてしまったこと。告白されたときの言葉。小さかったナナコをいつもだっこして、海岸を歩いたこと。あてもなくドライブしたことやラーメンを食べたこと。そこにナナコもいたはずなのだけれど、主役はあくまでナナコのお父さんとお母さんだった。そう、ふたりは恋《こい》をしていたのだ。とんでもなく強く恋に落ちた。

「そういう話をたくさん聞かされたから、私、こだわっちゃうんだろうな。十年たっても二十年たっても、お父さんがちがう女の人とつきあうのっていやだと思う。気持ち悪くてむり。新しい女の人のこととか考えた頭で、私のこと考えてほしくないし、その人を見た目で、私を見てほしくないや」

さっきまで笑っていたのに、だんだんナナコの顔はきびしくなってくる。怒《おこ》っているのとはちがい、なんだかそこはぜったいに曲げられませんっていう顔だ。もしかすると中学生のミチコさんもこんな顔で、髪《かみ》の毛を染めていたのかも。ナナコの心の奥《おく》にまで、よくわからない気持ちがたまっていかなければいいのだけれど。

いや、そんな気持ちをすくいあげるのが、ぼくの役割じゃないか。なにもない、なにも起きない町でうまれてきたって、恋をした男には、やらないといけないことがある！

なんて、ひとり静かに、もりあがったりもした。


ぼくたちは、ふたりだけで家にもどることにした。トンネルをぬけるとき、「いっせーは、悩《なや》みとかなさそうでいいな」とナナコはいった。

「あっても、自分でどうにかできそうだし」

「そんなことない、あるよ。ありまくる」

「じゃあ、いっせーの悩みってどんなの」

それはずばり、恋の悩みだ。でも、その悩みのタネが目の前にいるんで、ここで相談するのはむりだった。これからも一緒《いっしょ》に遊びたいから、近所の高校に進学してくれ、せめて寮《りょう》はやめて、なんて本人にいえるわけがない。

しかたがないから、うそをつくことにした。

「今のところ、将来のことかな。このまま中学生でいたくないのに、あんまり大人にもなりたくないって悩み」

「あー、そういうのか。でも、わかる。ちょっと前まで、大人になるの楽しそうだったけどね。中二くらいまでは」

「なんでだろうな、そうじゃなくなるのって。最近、寝《ね》て起きたら小学生にもどってたらいいのになんて考えるときもあるよ」

「私もあるある。全身はむりなら、頭の中身だけでもタイムワープしたいよねえ。タイムリープとかいうんだっけ、そういうの」

するとナナコは、ぼくのほうをふりむいた。

「小学校だったら何年生にもどりたい、いっせー？」

「うん？　そうねえ、一年のときはびくびくしてたからいやだな。六年のときはちょっとあきてたし……」

なにも考えていないふりで、「二年くらいがいいかな」といってみた。あえて挑戦《ちょうせん》してみたのだ。だってそれは、ぼくたちがキスをした学年だ。ここから、なにか突破口《とっぱこう》が開けてくるかもしれない。ナナコのもやもやを晴らすため、がんばらなくては。

でもナナコはなにも答えなかった。「もどって、やり直したいことがたくさんあるな」とぼくが続けても、やっぱりだまっていた。自分が何年生にもどりたいかっていうことも、教えようとはしない。

そのうち、ふたりの足音がしらじらしくなってきた。ぎこちない。だまって歩いているだけなんだけど、一歩進むごとにうそをついているような気分だ。

ようやくナナコが口を開いたのは、そんなときだった。

「私のお母さんも、昔にもどりたいときがあるっていってたよ。今で十分にしあわせだけど、もどりたいときはあるって。昔、ちゃんと青春しとけばよかった、だってさ」

「あ、だからナナコは、部誌の最後のテーマを青春にしようかっていいだしたのか」

「それだけが理由じゃないけど、まあ、ちょっとはね。娘《むすめ》の私は、ちゃんと青春してるのかなって思ったりもしたから」

「しっかし、ミチコさんがそんなことというなんて、意外だわー。さっきの話からすると、青春しすぎて町を飛びだしたって感じなのに」

「若いときに私ができたから、遊びたりなかったのかも」

「子供ができても、まだ遊びたりないとか思うのかな。いやだなあそれ。じゃあ、子供作らなきゃいいのに」

「えー、それで普通《ふつう》でしょう。子供がいたって、大人も遊びたいよ。なにもなかったら、ただのつまんない大人じゃない」

「そうかあ？　子供のときにもう思いのこすことがないくらい遊べば、それでもういいよ俺《おれ》」

「思いのこしがないくらい遊ぶなんて、むりむり。今の自分たち見ればわかるでしょ。若ければ若いほど時間もお金もないんだから、むり」

「ああん？　そんなことといってちゃ、青春なんかできないんだぜえ」

「かっこつけて。じゃあ、いっせーの青春ってなに。笹岡あずみから石けんもらったりするほかに」

「そんなの青春なわけあるか。そこ、こだわるなあナナコ。俺のいう青春とかって、もっと大きいことだよ」

ナナコは笹岡あずみのことがあんまり好きじゃないんだろうなと、ぼくは思った。笹岡さんは女子に好かれているけれど、ナナコの目からは見えるものものもちがうんだろう。それに、みんなが好きなものが、いいものだとは限らない。その証拠《しょうこ》に、ぼくの好きな本は、たいてい誰《だれ》も読んでいない。映画もゲームもそうだった。

「……青春ってもっとこう、にぎやかで楽しいことだろ。俺たち男子なんか、今年は海でもいくかって計画してるぞ。中三だからそれくらいじゃないとつまんないもん。青春だからね、もう県民プールは卒業、卒業」

「えっ？　海って、あの泳ぐ海の話？」

「そりゃそうだ。釣《つ》りにいく話してるんじゃない」

ついい、ヒロがぼくにいったことをまねしていた。おかしくなってしまう。

「うそ。ほんとはヒロがいっただけな。文芸部だって、もっと夏の思い出を作りたいとかなんとか、変なこといいだしたんだよ、あいつ。ばかだろー」

「いいじゃない、ばかじゃないよ」

「ばかだろ。そんな、文芸部で海水浴なんてむりに決まってる。中三でいそがしいし、夏の海はハードル高すぎるって」

「あのさ、文芸部でってことは、私も参加していいってことだよね？　それとも男子だけのお楽しみ系？　どういう意味でヒロはいったわけ？」

「ナナコ、前に海いきたいとかいってたけどさ、学校の男子と一緒《いっしょ》はいやだろ」

ぼくはいった。「化粧《けしょう》がくずれてるところとか見られるんだぞ。それに水着とかも」

「その男子って、ようするにいっせーとヒロのふたりでしょうが。あんたたちが見なけりゃいい話じゃん」

「そりゃそうだけどさあ」

「そもそも私、化粧《けしょう》なんてしませんよねえ、ミチコちゃん。海だってさ、よかったねえ。私たち、いったことないねえ」

ぼくの話など聞かず、ナナコはしばらく人形とおしゃべりを続けた。


夜おそく、ヒロに電話をした。ひとりで先に帰ってもらったお礼をいうつもりだったんだけど、ナナコも海へいくってさと話したら、それどころじゃなくなった。

「筋トレしないとな！　レジャー用の筋肉なら今からでもつく」

もともとは石けんをくれた笹岡あずみとおなじ剣道部《けんどうぶ》だったし、ヒロも身体《からだ》をきたえるのがきらいじゃないんだろう。ぼくみたいに、ちょっと走っただけで、心臓がとれたとか肺に穴があいたとか、ぐだぐだいうタイプじゃない。

「……でも、どうなるかなあ。ナナコを家まで送っていくとき、またおばあちゃんに叱《しか》られるって心配してた。外出禁止になるかもってさ」

「あそこのばあちゃんって、そんなにきびしいのか」

「きびしいかどうかは知らないけど、あんまり仲よくはないっぽい。学校を無断欠席したのも、おばあちゃんとケンカしたかららしいよ」

「じゃあ、いざとなったら俺《おれ》たちで協力してやろうぜ。海にいく日は、みんなそろって図書館で勉強してたってことにしてやろう。強い日焼け止め使ったら、海でも焼けないだろうし」

「だけど水着とかはどうする。泳いだあと洗濯《せんたく》するだろ。ばれない？」

「え、あいつ泳ぐの？」

「あれ？　やっぱり女子って、海では泳がないもん？」

ぼくがききかえしてみても、ヒロはよくわからないみたいだった。でもこれはヒロのせいじゃない。ぼくの町に、海の情報が少なすぎるからだ。

「ともかく水着のことは、コインランドリーでも使えばいい。俺、臨時収入もあったから、洗濯代だっておごってやれるぞ」

「あ、ヒロ。お姉ちゃんからおこづかいもらったな」

「それがちがうんだな。帰りのトンネルで、いいもの見つけたの。『百万円貯金』って書いてある汚《きた》ねえ缶《かん》落ちてたからさ、まさかと思って確認したら、どんぴしゃ。五百円玉貯金ってやつだよ。なんと三千円入ってたんだぜ」

「えー、そんなにか！」

思わず大声が出た。ちなみにぼくの人生の中では、ひろったお金の最高額は百円までだ。お祭りの次の日、会場になった学校のグラウンドに落ちていた。

「けど、それだけ額があったら、警察いかないとまずくない？」

「だってあのトンネル使われてたのは大昔だろ、時効だ時効。それに、落とした人だって忘れてるよ。だいたい、警察になんて説明するんだよ。俺《おれ》が見つけたトンネルならいいけど、正直に答えたら、ナナコがこまっちゃうんじゃないのか」

それでも、やっぱりまずいんじゃないのかなあとぼくはいった。確かにノストラダムスの予言では、一九九九年、空から「恐怖《きょうふ》の大王」というなぞの存在がやってくることになっている。それで「アンゴルモアの大王」とやらがよみがえり、地球が滅亡《めつぼう》するらしい。だったら細かいことを気にしてもしかたがないんだけど、地球が終わるその日まで、ぼくは普段《ふだん》どおりの自分でいたかった。地球最後の日が近づいたって、暴動を起こしたり、どこかに火をつけたり、キレたりするタイプじゃないのだ。

けれどヒロは、お金だってリサイクルしないとな、なんて軽く笑いとばしてしまった。金がまわらんと景気もよおならんですわ、なんて、うそっぽい関西弁でいう。

6　一週間だけの昭和《しょうわ》ですと？

ナナコは今日も教室にいなかった。朝のバスにも乗っていなかったんだけど、普段《ふだん》から、みんなをさけて一時間くらい早く登校していることも多い。正門はくぐれても教室がむりで、そのまちがう場所で勉強をしていたりする。

そういうわけで、ぼくは給食をさっさとすませた。さっさと食事をすませて、部室か保健室にナナコをさがしにいくつもりだった。ゆうべ、おばあちゃんにどれくらい叱《しか》られたのかも気になっていたから、食べる速度はいつもよりかなり早かったはずだ。ところが、ヒロはぼくよりさらに早く食べ終えていて、ろうかに出たとたん、よび止められてしまった。

「ちょっとどうでもいい話かもしれないんだけど」

ヒロがこういうときは、たいていなにかある。昼休みにナナコと会うのはあきらめないといけなそうだった。

「いっせー、お前知ってた？　昭和六十四年って一週間しかなかったこと」

「知ってるけど、なんなんだよ、いきなり。もしかして今、ＳＦとか読んでる？」

「そんなんじゃない」

ヒロは少し声を小さくした。「きのう電話で話したあの五百円な、あれ、まずいかもしれない。発行が昭和六十四年になってる」

「ぜんぶ？」

「そう。それで、たった一週間しかなかったのに、昭和六十四年の金とか発行されてんのか？」

ぼくが知らないと答えると、ヒロはしぶい顔をした。そりゃあ、三千円がかかっているんだからしかたがない。そこで、ふたりして図書室にいくことになった。でも、お金関係の本はほとんど見当たらなかったんで、歩く図書室みたいな、たぬきち先生に聞きにいくことにした。それに先生は、どうでもよさそうなことに限って、よく知っている。

職員室ではなく理科実験室にまっすぐいってみたら、たぬきち先生はいつもどおりそっちにいた。ナナコと似て、先生もみんなと一緒《いっしょ》に仕事をするのが苦手らしい。そういえば体育の先生も、たいていは体育準備室にいるから、子供にも大人にも、そういう人って多いのかもしれない。

さて、たぬきち先生にお金のことを聞いてみたら、彼《かれ》は急に食べかけの弁当にふたをして、どこかに消えた。そのあと十分くらいしてからもどってくると、得意そうな顔で手帳のメモを読み上げた。

「一週間だけしかなかった昭和六十四年でも、五百円玉はけっこう発行されてる。ただし、五十円と百円玉はゼロだ。五百円は、約千六百万枚ほど作られたらしい」

「先生、千六百万枚って多いほうなんですか。それとも少ないんですか」と、ぼく。

「普通《ふつう》だな。一年からすれば少ないけど、一週間ぶんとしては普通だ」

「わかんないよ、それじゃ。たとえば、それってどれくらいのレア価値ついてんの？　古い切手とかコインとか売ってる店あるだろ。ああいうところだと、いくらぐらい？」

「ああ、実をいうと先生も、そういう店のチラシを見て調べてきた。ちょっと昔のやつだけども……」

「なんでそんなチラシ持ってたんですか」

ぼくが聞いたけど、答は返ってこなかった。ただ、先生がそんな店に出入りしていたとしても、不思議でもなんでもない。実は秘密で店をやっていると白状されても、おどろかなかっただろう。むしろ理科の先生より似合っている気さえする。

「そのチラシによると、未使用の五百円だったら、一枚、千二百円で買い取るらしい」

「じゃあ、普通《ふつう》に使ったやつだったらどうなんです」

「それだと同額か、せいぜい六百円くらいだな」

「なんだ、使っただけで、そんなにレア度下がんのかよー」

「それでも二十パーセント増しならすごいだろ。朝倉《あさくら》ヒロ、お前の身長はいくつだ」

百七十七センチですと答えるヒロ。意外とでかいなあと先生。そのあとしばらくのあいだ、もごもご口の中でなにかをつぶやいてから、「とにかく、すごいことだ」と急に話をまとめた。きっと、二十パーセント背がのびた計算をしようとして、あきらめたにちがいない。先生は理系だけど、暗算は苦手なのだ。小説好きでも漢字の苦手なぼくには、なんだかそのことが、ちょっとうれしかった。

「……まあ確かに、ある日、俺《おれ》が二メートル十二センチになってたら、すごいことだよな」

理科室を出たあとで、ヒロはいった。ちなみにこいつは、数学が苦手なくせして暗算だけは得意だ。これはこれで少し尊敬してしまう。

「しっかし、俺がひろった金、どうすんべかなー。ニセモノじゃないにせよ、レアはレアなんだろ。一度に使ったら使ったで変にあやしまれるかも」

「それならヒロ、五百円硬貨《こうか》を一度自販機《じはんき》に入れて、おつりレバーで、また出してみたら？　おなじお金じゃないので出てくる機械あるだろ」

「まずいって、そういうの。今、ニュースで問題になってるの知らないのかよ。だから俺も最初、ひろったのがやばい金じゃないかって思ったんだよ」

韓国《かんこく》の五百ウォン硬貨に細工をし、自動販売機で五百円と交換《こうかん》する犯罪が増えているそうだった。もちろん五百ウォンのほうが、五百円よりはるかに価値が低い。

けれどヒロは、簡単にあきらめたりしそうもない。唇《くちびる》をつまみながら、いいアイデアを考えていた。


その日の放課後、ぼくたちはみんなで「うらみち」を歩いた。なんだか悪い道みたいだけど、単に、学校の裏門から町まで続くコースのことだ。うちの学校では、カップルが誕生すると、みんなこのコースを使うようになる。距離《きょり》が遠くなるのが、かえっていいらしい。でもぼくたちの場合は、となり駅まで歩くのに便利だったから選んだだけだ。

「やっぱ、そうなんだよ。海くらいいかないとな！　やってられないよ、中三！」

ヒロはナナコともりあがっていた。正確には、ナナコをもりあげようとがんばっていた。きのうのことで落ちこんでいないか、ヒロも心配していたようだ。実際、ナナコはおばあちゃんに、だいぶしぼられたらしい。

「あのねヒロ、それでひとつだけお願いがあって。私、海にこの子もつれていってあげたいんだけど、だめかな」

ナナコは、胸に抱《だ》いたミチコちゃんを軽くゆさぶってみせた。

「だめ？」

「人形かあ。悪いってほどじゃないけど、ちょっとそれは、あれだなあ。せっかくの海だし、俺《おれ》たち中三だしなあ。しかたないのかなあ」

ヒロはあいまいな言葉で答をはっきりとはいわなかった。でも、そうそう簡単に人形を仲間はずれにはできないはずだ。今日だって、ヒロのお姉ちゃんに人形の夏服を作ってもらうつもりだった。ちなみにお姉ちゃんは自分の店で、手作りしたペット用の洋服なんかを売っているらしい。

ただし、ヒロの目的は別のところにあった。その料金を、あのレア五百円ではらうつもりだった。勝手に店のレジを開けると怒《おこ》られるだろうけど、洋服代だといって強引にお金をほうりこんでしまえばいい。そのあと、実はこれからみんなで遊びにいくのにお金がないのだ、とヒロがうちあける予定だ。そのために、ナナコ本人もつれてきた。女の子といくというと、ヒロのお姉ちゃんはたいてい、アドバイスと一緒《いっしょ》におこづかいをくれる。男女平等もいいけれど、男が決めるところはばしっと決めな、なんてしぶいことをいうらしい。しかもしぶいセリフとおなじで、びしっとまっすぐなお札でくれるそうだ。

「……よしよし、じゃあ姉ちゃんには、Tシャツみたいな夏服をたのもう。海だし」

ヒロも、人形のことはがまんしようと決めたらしい。

「金の心配はするなよ、ナナコ。さいあく、俺といっせーがおごるし。ははは」

「ありがとう。でも私、ちゃんとはらうよ」

「そんなことより、自分たちも海の準備しないとねえ。人間用の」

今度はぼくがいった。「服とかレジャーシートとかきっぷとか、いろいろあるだろうし」

「ところでいっせー。男子たちって、海にいくときのかっこう、どうするの」

「どうするって、俺たちもTシャツとか着ると思うけど、なんで」

「いやいや、いっせーさ。ナナコは、はきもののこときいてるんだろ、な？　最初からビーチサンダルでいったほうが、荷物少なくていいかなってこと。でもそれ、俺はすすめないね。なぜって……」

「そうじゃなくて」

「あ、じゃあ服の下に水着を着ていくかってことか。あれってモコモコになるけど、女子もやる子いるの？」

「ぜんぶちがうんだけど」

「……ヒロ。ナナコが、だまってろってさ。ぜんぜん話わかってないって」

「うるせえ、だったらなんなんだよ。いちいち女子の言葉、訳すな」

別に訳してないだろとぼくがいう。するとヒロが、ぎゃあぎゃあと倍のもんくをいい返してきた。けれどナナコは、うるさいぼくたちのことにはかまわず、難しい問題をつきつけてくる。

「そうじゃなくて、海にいく人って、先に日焼けしておかなくていいのかなってことをききたいの」

「えっ？　日焼け？」

またしてもぼくとヒロはふたりシンクロしておなじことをいっていた。やっぱり「サンキュー・チョコレート！」とせんげんするのを忘れてしまったのだけれど、今度はヒロもおなじことだった。だって、海にいく前に、日焼けが必要かどうかなんて、考えたこともない。それこそ、海でするもんじゃないのか。

「だって私、洋服買いにいくとき、店に着ていく服で悩《なや》むときがあるよ。あんまりださいの着ていったら、お店の人に『お前なんかがくるところじゃないぞ』とか思われそうだもん。美容院にいくときだって、髪《かみ》の毛をきれいにしてからいく。ぼさぼさの髪でいったら、どうせいっつも変な髪なんでしょって思われて、変な髪型《かみがた》にされるかもしれないから。海もそうじゃない？」

「……磯崎《いそざき》ナナコ……お前ってなんか……生きるの大変そうだなあ……」

ヒロは半分くらい冗談《じょうだん》でそういったんだろうけど、ぼくとしてはすごく思いきりよくわかる話だった。むしろ、どうして今まで気づかなかったんだろう。いわれてみたら、歯医者へいく前だって、すりへりそうなくらい歯を磨《みが》いていく。海だっておなじことだ。

「なんなんだよお前ら、ふたりでどんよりした顔になって。文芸部、元気出せ、考えすぎだろ」

ヒロはそういってくれたけれど、ぼくには、海がまた遠くなったように感じた。


それでも、ヒロのお姉ちゃんの店にくると、沈《しず》んだ気持ちはどこかへ消えた。期待しないで読んだ本が、意外におもしろかったときとおなじような気分だった。というのも、店の中はペット用の服だけじゃなく、本や雑貨まであったからだ。それも、ごちゃごちゃとおもちゃ箱につめこむようにして売られている。宝さがしをしたくなるような店は、ぼくにとって新鮮《しんせん》だった。なにもない、なにも起きない町でも、少しずついいものが増えてきたのかもしれない。それともぼくが、今まで気づかなかっただけかも。いいものって、わりと近くにあるっていうから。

「なんですかこれ、奥《おく》で本当に作ってくれるんですか?」

本の横に置かれたご当地ラーメンやレトルトカレーを手にとった。買うだけじゃなく、奥のテーブル席で作ってもらうこともできるようだ。ほかにも店オリジナルの飲み物や、軽い食べ物も出してくれるらしい。

「これって、あれですよね。あの、絵本の」

お客さんがいなかったんで、テーブルのメニューをゆっくりめくって調べてみる。ドリンクセットには、『こぐまちゃん』のパンケーキや、『ぐりとぐら』のカステラふうカップケーキというメニューものっている。ほかにも、おもしろそうなのがいろいろあった。

「こんないい店だなんて、知らなかったなあ。ヒロ、ちゃんと教えてくれないから」

「いっせーくん、わかってるね、しばらく会わないうちに、わかる男になった」

そういうヒロのお姉さんは、昔とほとんど変わっていなかった。あいかわらずなにかのアニメの顔に似ていて、それが、どうしても思いだせないのもおなじだ。たぶんカワウソとか、なにか動物のキャラクターだったはず。

「姉ちゃんの趣味《しゅみ》がわかる男って、逆に恐《こわ》いんだけど。俺《おれ》はもっと、すっきりした店じゃないと落ちつかないなー。ナナコはどうよ」

「おじゃましてます」

ヒロの質問には答えないで、ナナコはぺこりとおじぎをした。するとお姉ちゃんはにっこり笑って、「ああ、この子がいつもあんたが話してる子か」といった。「そんなこと一度もいってないだろ」とヒロがごまかす。冗談《じょうだん》でもそういうのこまるからなんて否定していたけど、ぼくは聞きのがしたりしなかった。


人形の服を作ってもらう話は、うまくいきそうだった。ヒロの予想どおり、弟の友だちだから安くしてもらえるらしい。そしておこづかいもなんとかなりそうだと、ヒロは表情だけでぼくに知らせてくれた。

そのあと、店でも出しているコケモモのジュースというのをお姉ちゃんに入れてもらった。クランベリーともいうそうだけれど、コケモモっていう言葉のほうがひびきもいいから、店ではそうよんでいるとのことだ。ジュースのおまけにつけてくれたのは『おばけの天ぷら』で、マシュマロの天ぷらを冷やしたという、不思議な食べ物だった。正確には天ぷらじゃなくて、マシュマロ入りのアメリカンドッグみたいなものだ。

食べながらわいわいやっているうち、海の話になった。お姉ちゃんは日本の海では泳いだことがないけれど、ハワイではあるらしい。結婚《けっこん》する前は、ときどきいっていたそうだ。

「でも変なもんでね、なんどかいっても海のことってあんまり覚えてないの。特に最初のときなんか、きれいで、すごく感動したはずなのにねえ」

コケモモジュースのおかわりをヒロのコップに注ぎながら、お姉ちゃんは遠い目をしていた。ごちゃごちゃした本やおかしのむこうに、ハワイの浜辺《はまべ》が見えていたのだろう。

「楽しかったのに、ケンカしちゃったのだけはよく覚えてるな。海外って、ついわがままいっちゃうんだよね」

「それって、今のダンナさんとだろ？」

ヒロがいう。するとお姉ちゃんは、「もうすぐ、もとダンナになるけど」と、ちょっとだけ目をうるっとさせた。涙《なみだ》もろいらしい。

「好きな人ができたからって、さっと離婚《りこん》して、さっと再婚《さいこん》しようとするなんて、信じられないよね。そんなやつには見えなかったけど、人っていくらでも変わるんだなあ。私がやらかしたハワイのわがままなんて、それからしたらかわいいもんだ」

また涙をふく。そんなお姉ちゃんを、ヒロはじっと見つめたままだった。フォークにささったおばけの天ぷらが、いつまでも宙に浮《う》いている。

「あ、ごめん。中学生に変な話しちゃった、私」

「あの。そのダンナさんって、そんなに変わっちゃったんですか。もう大人なのに？」

ナナコから、急にまじめな質問をされたお姉ちゃんは、ちょっとこまってしまったみたいだ。

「うん、そうだね。変わったよ」

お姉さんがどうにか答える。

「好きな人ができると、変わる。でもそれは、みんな一緒《いっしょ》じゃない？　私だって、あの人に会って変わったんだから。会うまでは、自分でこんな店をやろうなんて想像することもできなかったのに、今はできてるもん」

変わっていくのは、悪いことじゃないんだ。お姉ちゃんはそういうと、海にいったことがないなら、ちょっと練習してみないかなんて、急に別の話をはじめた。悲しくなりそうな空気を変えたかったみたいで、カウンターのすぐうしろに洗面器みたいな大きなボウルを持ってきた。なんでも、海とおなじ塩分濃度《のうど》の水を作っていたらしい。

「海水とおなじしょっぱさで、いろいろ作ってたの。夏にむけて商品開発」

すきとおったマリンブルーのボウルだったせいで、青い光と影《かげ》が、水の中でゆれていた。ぼくにはそれが、いったことのないハワイの海みたいに見えた。ハワイどころか、これから自分がいくかもしれない、青春の海のようでもある。じっと見つめていると、せっかくだからここに顔をつけてみなさいとお姉ちゃんがいった。もうメニュー開発は終わりらしい。それで、一番うれしそうに見つめていたぼくから、塩水に顔をつけることになった。

先にちょっとなめて確認してみようと、ネコみたいに舌を出したら、ヒロにむりやり頭を押《お》しこまれた。バスタブに落ちたネコみたいにさわいでしまう。一度顔をあげて、再挑戦《さいちょうせん》すると、二度目は青がとてもきれいだった。しっかりと両方の目を開けて見る。想像とちがい、目にしみたりはしなかった。ボウルの中に、少しだけキュウリっぽいにおいが残っているだけだ(新商品はキュウリ関係かもしれない)。

それでも耳だけはボウルから出ていたんで、お姉ちゃんとナナコの話はよく聞こえた。

「……調べてみてわかったんだけど、海の水って、塩分がみそ汁《しる》の三倍以上になるんだよね」

「……思ってたより、塩がきついんですね、海」

そんな話を聞いていると、急に海じゃなく、みそ汁に顔をつっこんでるみたいな気がして、また顔をあげたくなった。昔、ぼくの飼っていたインコが、みそ汁につっこんで死にかけたのを思いだしたのだ。けれどヒロがじゃまをする。強く水の中に押しつけるもんだから、ぼくはまたネコみたいにあばれた。

どうにかボウルから脱出《だっしゅつ》すると、塩水が鼻の奥《おく》に入ってツンと痛んだ。プールの逆立ちで失敗したみたいだった。そのときなぜか、小学校をすぎるとツンとしなくなるのはなぜだろうって疑問がわいた。ぼくが子供を卒業したからか。だけど、それになんの意味があるんだろう。バスに酔《よ》わなくなったり、あそこに毛も生えたりするのは、理由がありそうだけれども、鼻ツンには意味がない。

大人になると、そこに涙《なみだ》の栓《せん》でもできるのかもしれない、なんて考えてみた。ヒロのお姉ちゃんはちょっとゆるんでいるようだけれど、大人は涙を流しまくるとこまるから、自然と鼻の奥に栓ができるのかも。

葬式《そうしき》のとき、泣きまくって立てなくなった、ナナコのお父さんのことをちょっと思いだしてしまった。

7　ビッグ・ウォッシュが待っている

　ぼくとヒロで、空き家の屋根にのぼった。正しくいうと、二階の窓から、一階部分の屋根におりた。でも、ふざけてたわけじゃない。青春のためにはふざけることも必要だけど、ぼくたちがしていたのは日焼けだ。れっきとした、海にいく準備のひとつだった。

「それにしても姉ちゃんのこづかい、予想はずれたな。洋服代の五百円玉、そのまま返されるなんて」

　つまりお姉ちゃん的には、洋服の代金は受けとったけど、それはぜんぶナナコに使ってあげなさい、というわけだ。

「なあ。そんなことより、好きな子つれてきたの初めてだっていってたろ、ヒロのお姉ちゃん？あれって、どこまで本当の話なの」

「じょうだんに決まってんだろ。いくら俺《おれ》だって、そんなこと姉ちゃんに話すかよ」

「だけどさ、なんだかさ……ああ、やっぱりいいや。たぶん気のせい」

「だったらちょっと、サンオイルとって。なんか、ぬりたりないみたい。ひりつくわ」

オイルを渡《わた》してやると、ヒロは日焼けついでにやっているうで立てふせを中断した。太陽ですっかりぬるくなったオイルを、大きな手のひらに出す。剣道《けんどう》でつくったマメが、まだ左手にしっかりと残っていた。ヒロによれば、右にできるやつはへたくそらしい。だからなのか、左のマメはいばっているように見えた。

いばりマメがしっとりしたころ、屋根の上は、すっかりゴージャスな香《かお》りにつつまれていた。

「いっせー。なんか、これ、くさくない？」

「そう？　けどナナコが好きな香《かお》りなんだって。それで選んだんだけど」

「ナナコだけが好きでも、他の女子がみんないやだったらどうするよ。浜辺《はまべ》の女子たちが」

「どうせしゃべる女子なんてナナコしかいないんだから、あとはどう思われてもいいんじゃないの」

「お前とナナコって、そういうところ似てるよなあ。マイペースで」

ナナコはともかく、ぼくは別にマイペースではないと思う。ただ、みんなに迷惑《めいわく》がかからないよう、最低限の意見だけをいうようにしているだけだ。でも本当にヒロがいいたいのは、ぼくたちのことではないらしかった。

「でもさー、マイペース同士ってどうなんだろ。お前とナナコは仲がいいけど、友だちどまりだからいいわけで」

「友だちどまり？」

「うちの姉ちゃんとダンナさんだって、おたがいマイペースで似合ってたんだぜ。結婚《けっこん》さえしてなかったら、きっと今でも仲よかったはずだよ」

「男と女は難しいから、似すぎててもだめなんじゃないのかね、ヒロ君」

「女子とつきあった経験、ゼロのくせして」

ヒロはそういって、手に残ったオイルをぼくの顔にこすりつけた。ぼくはオイルを指でふきながら、でもキスならあるぞといい返してやった。もちろん心の中でだけれども。

「……ダンナさんのこと、俺《おれ》も好きだったんだけどなあ。釣《つ》りにつれていってもらったり、ボウリングいったり、あにきみたいでよかった。なのに急に姉ちゃんとちがう人が好きになったってさ、けっこうショック。なんでかわかんないけど、俺までふられた気分だ」

「うん」

ぼくはいった。「だけどお姉ちゃんもいってたろ、人は変わるって。だったら、お姉ちゃんやヒロもそのうちだいじょうぶになるんじゃないの。ダンナさんがいなかったときみたいに、昔のほうに変わる。いなかったときにもどる、っていうか」

「そんなわけにはいくか。三千円を最初から持っていないのと、手に入れて使えないって知ったのじゃ、ショック度もちがうだろが。それと一緒《いっしょ》だぞ」

「ああ、まあ、そうか」

「だいたいなあ、いっせー。お前、いっちょ前なこというけど、ふられた経験あんのかよ」

「ちゃんと告白したことないから、ふられたこともない」

「だめだ」

そういうとヒロは、筋トレの効果を見るみたいに、力こぶをぎゅっと作ってかたさを確かめる。もりもりとして、入道雲みたいだった。

「だせーなあ、文芸部は。いっせー、人間の女じゃだめなのか」

「まさか、そんなわけないだろ」

「だったら笹岡とかは、どう思う。笹岡とか」

「笹岡って、剣道部《けんどうぶ》の笹岡あずみさん？」

あの、紙石けんをくれたクラスメイトだ。でもナナコに話したとおり、紙石けん以外の話題がまったくないんで、あれからも特にしゃべったりはしてはいなかった。

「いっせー、最近、笹岡と口きかないんだって？　人間の女子がいやとかじゃないなら、なんでだ。ぜんぜん趣味《しゅみ》とかあいそうにないからか？　あいつ、いっせーに石けんなんかあげたから、怒《おこ》ったのかなって気にしてたぞ。お前、石けんなんかもらったの？」

「もらったけど、それで怒るやつとかいないだろ。別に口きかないわけじゃなくて、俺《おれ》ら昔から、用事がないと話さない関係だし」

そう説明すると、笹岡あずみって、ちょっとうるさいけど、まあまあかわいいと思うぜとヒロはいった。おなじ剣道部だったからわかる、なれてくるとか弱いところもあるし、女っぽいところもあるし、なんて。ぼくは、へえ、とだけ答えておいた。そのほかにいいようがない。アメリカでチアガールをしている女の子の話をされているようなものだ。そうじゃなけりゃ、車の馬力の話と一緒《いっしょ》。いいところをいくら聞いたって、自分とは関係がなさすぎてぴんとこない。

「もし、笹岡がいっせーのこと好きだったりしたらどうする？」

「あるわけない。本当にタイプがちがいすぎて、石けんの話しかできない関係なのに」

「お前さっき、男と女は似すぎててもだめなんていったろ」

「限度があるよ。それに笹岡さんだって、そんな意味で石けんくれたんじゃないし」

「わかった。それじゃ、いいかた変える。いっせーさ、海に笹岡あずみさそったりしたら迷惑《めいわく》か？　好きとかきらいとかないんだったら、悪くないだろ？」

「だから、なんでそんな話になるの。そもそも、あいつ文芸部じゃないし」

「いやー。実は前に笹岡と海の話したことあってさ。お前といくつもりだって教えたら、いいなあっていってたんだよね。あいつ、小学校のとき海にいったことがあるんだってよ。経験者つれていったら、いろいろ便利じゃない？　それに笹岡も一緒なら、男女、二×二でちょうどいい」

「二×二の必要がない。それに海は部活動なんだぞ……って、まさかヒロ、勝手に約束とかしたんじゃないだろうな、笹岡さんと」

「あー、その、ちょっとしたかも。でも、いっせーがそういうならことわるよ、もちろん」

「そっちが勝手に暴走したんだから、俺がいやがったとか、そういう説明するなよ」

それでもぜったい、男女がふたりずつのほうが楽しくなると思うんだけどなと、ヒロは残念そうにぼやいた。だけど、そんなの知ったことじゃない。

すると屋根の下から、「そこの、はだかんぼー！」とナナコの声がした。買ってきたよと持ちあげた学校指定バッグの中に、ジュースが何本か入っているのが見える。公園の、八十円自販機《じはんき》のやつだろう。

「一本ははずれにしてあげよう」

ナナコは、自分が飲まない炭酸のジュースを、一本だけ思いきりふってバッグにもどした。ばかみたいなことやめろといったけど、ナナコは笑ってやめない。ぼくも実はよろこんでいる。屋根で、ばしゃーっとジュースをぶちまけてしまうぼくたちを想像すると、それだけでもう楽しい。青春って、やっぱりふざけることが基本だと思う。

そんな中、ヒロだけはまじめな顔でナナコを見つめていた。まさかこいつ本気で、ぼくと笹岡さんをくっつけようなんて考えてないだろうな。そのあいだに自分は、ナナコとペアになろうってことか。なにを考えてるんだ、ヒロは。キスもしたことないくせに。

ぼくは、理由もないのに、ヒロの背中を足で押《お》した。なんだよといわれたけど、なにも答えてやらなかった。


女子は日に焼かなくてもいいとナナコはいう。だったら部屋にいればいいだろうに、やっぱり屋根にはあがってみたいらしく、大きなタオルを頭からかぶって窓から出てきた。

ただ、こういうときでもミチコちゃん人形は忘れない。最近は片手でだっこしたまま、乱暴運転のバスからすばやくおりたり、水たまりを飛びこえたりと、動物園で見た母ザルと子ザルみたいになっている。

「今日はたぬきち先生に、ちょっと怒《おこ》られちゃった。学校、無断で休まないで、せめて連絡《れんらく》だけは入れろだって。ふふふ」

ナナコは、怒られても気にしていないどころか、ちょっと楽しそうだ。人形の頭をボスボスとたたいて、ほほえみかけていた。

「そのあと先生と部誌の話してたんだけど、おもしろいこと聞いちゃった。十年前の自分に手紙を書くやつの秘密」

「なんなの、なんなの」と、ぼく。

「あのね、十年前の自分にいいたいことって、本当は、今の自分にいいたいことなんだって。今、自分がしないといけないっていってわかっていることらしいよ。心理テストみたいなもんかな」

「なんだと、たぬきちのやろう」

オイルでぬらぬらとしているヒロがいった。

「じゃあぜんぶ書かせてから、『きみたち、それは過去じゃなく、本当は今やるべきことなんだ。わかるか』とかいうつもりだったんだな。きっとそうだ」

「たぬきち先生、いいそうだねえ」

ナナコが続けて笑う。でもぼくは笑えなかった。よけいなことを知ってしまい、「十年前の私へ」を書くのが急に難しくなったせいだ。

人は変わってしまうから、好きなものは好きなうちに好きだって、ちゃんというようにしなさい――そんなことを書くつもりだったのに、今、ブーメランのようにもどってきた。今すぐいえって言葉が、胸にささる。「あとになって勉強したいって思っても遅《おそ》いよ」と子供にいう大人みたい。そういう大人に限って、あとでもやっていない。今のぼくもおなじだ。

告白、こくはく、コクハク。その言葉を奥歯《おくば》でかみしめてみた。アンゴルモアの大王とおなじで、なぞの存在。マンガでもゲームでも見たことがあるし、女子が先輩《せんぱい》にしているのを目にしたこともあるのに、自分で口にしたことはない。自分がいわれたこともない。

いうだけでも大変なのに、ことわられたりしたらどうするんだろう。自分のぜんぶを否定されたみたいで、そのあとどうやって立ち直るんだろう。ヒロ姉ちゃんのダンナさんみたく、さらっと変わって、新しく好きな人を作れる人ならともかく、ぼくはそういうタイプでもないだろうし。

そんなことを長々《ながなが》と考えていたからだろうか、いつのまにかナナコが心配そうな顔をぼくにむけていた。暑くないかと聞いてくる。熱射病じゃないからだいじょうぶとあわてて答えると、十年前の自分になんて書くつもりだったのと、また聞いてきた。

うまい答が見つからなかったんで、「きみは、そのままでいいんだよ」って書くつもりだったと、てきとうに答えた。

「うそくさーい。実は悪い人が作った、うその歌みたい」

「うそじゃないです。俺《おれ》は、このままでいいんです」

「まあ、そうね。きみは、そのままでいいかもね。来年の七月には地球が滅亡《めつぼう》するとかいってるから、変わるにしたって、もうまにあわないだろうし」

それよりまずは水分補給しなさいとジュースを一本くれた。それでつい、サンキューとオートマチックに答えて、キャップを開けてしまう。するとそれこそナナコのしこんだ爆発《ばくはつ》ジュースで、あたりに炭酸がとびちった。ちゃんと見ていたくせに引っかかってばかみたいだ。でも、おかげで少し楽しくなった。ナナコといると、こういうのがいい。ナナコが苦手な人は多いけれど、ぼくはやっぱり好きだ。

楽しくなったついでに、ナナコとノストラダムスの話をする。ちっとも信じてくれないのが、また楽しかった。ようするにナナコとなら、自分と一緒《いっしょ》の部分も、別の部分も楽しいんだろう。まあ、そういうのを恋《こい》してるっていうんだろうな。

ノストラダムスの話から、地球最後の日になにをするかという話題にうつっていく。滅亡の日はのんびりすごすだろうから、ぼくは遠い海でも見にいくだろう。そのとき浜辺《はまべ》で食べるおにぎりの中身はなににするか、三つまで選ぶことにした。人生ラストのおにぎりたち。

ちなみに、ぼくはツナマヨ、しゃけ、赤飯だった。これ以外に最高の組みあわせは考えられない。でもナナコは、赤飯は反則だという。そのくせ自分は、こんぶ、こんぶ、こんぶと答えた。こんぶのエンジェルナンバーか。ぜんぶおなじ具のほうがずっと反則だろともんくをいったら、滅亡《めつぼう》の日にそんなどうでもいいことを気にしながら死ぬのなんて悲しすぎるといわれた。ふたりして笑う。笑い声が、青空にのぼってほどけた。わははー、はははー、は、は。

すると、さわがしいぼくらを冷やすみたいに、ヒロが口を開いた。

「ラストのおにぎりより、一九九九年より先がずっとあるってことのほうが、ずっと恐《こわ》い気がするけどな。俺《おれ》ら、どうなっていくんだろ」

「どうなる？　そりゃ高校入ったら、少しは大人になってるよね、私たち。いっせーだって私だって、もちろんヒロだって」

「俺ら、このままだと、みんな高校ばらばらになるよな。そうしたらみんな、別々《べつべつ》の高校で別々に変わっちゃうだろ。いつかまた会ってみても、どことなく前みたいにもりあがらないっていうか……会ったって、きっと高校の新しい友だちのこと考えちゃったりしてさ」

「なんなのヒロ。そういうのって、暗いいっせーがいいそうなことなのに」

「暗くて悪かったですね。でもヒロ、ほんとどうかした？」

「俺だってたまにはそうこと考えるよ。だって、結局みんな変わっちゃうんだったら、地球が滅亡してもしなくても、この夏は、この夏で終わりってことじゃないか」

「この夏は、この夏で終わり」

なぜかぼくはヒロの言葉をそのままくりかえしていた。言葉の意味を理解するのに、ちょっと時間がかかったからだ。この夏は一度しかないっていうのは、当たり前すぎて、かえって難しかったのだ。夏はなんどでもあるけど、今年のは今年だけ。昭和六十四年のコインよりレアなもの。つまり、そういうことだった。

いつのまにか、みんなだまっていた。


ヒロが話したあとは、なにかをとりもどさないといけないような、そんな気持ちにせかされた。そこでぼくが腹筋運動をはじめると、ナナコもつられて屋根に寝《ね》そべった。けれど、ほとんどできないことが判明する。あんなに泳ぐのがうまいのに、なぜか昔からできないらしい。太ったネコが、お腹《なか》の毛づくろいをしているようにしか見えなかった。

「身体《からだ》もかたいんだよ、私。腹筋で持ちあがったとしても、手はここまでしかいかないの」

どうやら、すねにタッチするのがやっとらしい。それを見ていたヒロは、関節がやわらかくないと、歌が下手になるらしいぞなんて、うそか本当か、わからない話をはじめた。

「姉ちゃんから聞いたのそのままだけど、ボーカルトレーニングでそういうのあるんだって。このあたりは横《おう》かく膜《まく》とつながってるから、かたいと腹式呼吸がうまくできなくなるんだとさ」

「ああ、そういえばヒロのお姉ちゃんって、昔、バンドやってたんだよな」

と、ぼく。「けっこういい線いってたんだろ。プロになりそうだったとか」

「そう。ダンナさんも、前はおなじバンドの人だったんだぜ」

「それより、横かく膜ってどのへん？」

早くも腹筋をギブアップしたいナナコがいった。けれどヒロはだまされない。

「ストレッチしろよ、ナナコ。こないだ見た雑誌で、最近はいろんな海の家があるってのってた。カラオケつきまであるってさ。あったら、カラオケやるからな。青春だから、やる。やって思い出にする」

「ええ、本気でいってる？」

ぼくが聞くと、ヒロは大きくうなずいた。でもカラオケなら、別に練習しなくたってできるよとナナコ。すぐに、甘《あま》いぞとヒロに怒《おこ》られた。海の家のカラオケは個室じゃないそうだ。みんなの前で歌うタイプらしい。うちのいなかには大きなスーパー銭湯があるんだけど、そこの食事コーナーのカラオケとおなじスタイルらしい。

「カラオケするとき、知らない客にも聞かれるんだ。あんまり下手だとつらいだろ」

「最初からカラオケのない海にしようよ。そもそも、どこの海岸いくかまだ決まってないんだし」

「それなら大洗《おおあらい》海岸ってのがいいんじゃないのかって思うんだけど、いっせーたちはどうだ?」

笹岡あずみがいってたんだけど、みんな最初は、そっちにいくらしいぞ」

「大洗海岸」

ぼくはまたおなじ言葉をくりかえしていたけれど、これは理解に時間がかかったからじゃない。どんな海なのか、まだよく知らなかったからだ。あまりに遠い世界のような気がしたので、英単語を覚えるような気持ちで口にしていた。

「おおあらい・かいがん」

ぼくのイメージに近づかないんで、もう一度いう。でもまだ遠くて、外国の海みたいに聞こえる。

「オオアライ・カイガン」

「ビッグ・ウォーッシュ！」

さっきまじめになりすぎて、ちょっと反省していたんだろう、ヒロが急にふざけはじめた。なんだそれ、とぼくは笑った。大洗だから、ビッグなウォッシュか。

「ビッグ・ウォッシュって、なんかいいね」

ナナコも笑っている。腹筋運動はあきらめたようだ。

「海の名前じゃなくて、生物の名前みたい。台風で大量のビッグ・ウォッシュが打ちあげられました、とか。私のイメージだとヒトデかな。星形のじゃなくて、枕《まくら》みたいなのあるでしょ？　図《ず》鑑《かん》で見たことない？　あれの水色タイプで、ざぶとんくらい大きいの」

「いいなそれ」

ぼくはうなずいた。

「ノストラダムスの予言によると、来年七月、地球にアンゴルモアの大王っていうのがよみがえりそうなんだ。それがなんなのかはっきりとは書かれていないけど、最初はそんな形をしてるのかも」

ぼくたちがビッグ・ウォッシュのイメージについてあれこれ話すので、ヒロは、こういうところが文芸部だよなあと、あきれていた。でも、そのぶん元気がもどったようだった。腹筋運動もはかどるだろう、きっと。

ビッグ・ウォッシュの話にあきて、ナナコの携帯音楽《けいたい》プレイヤーで音楽を聞くことにした。すると汗《あせ》だくのヒロが、スピーカーで流してくれよとわがままをいう。この部屋にはせっかく大きなスピーカーがあるんだから、なんとかつなげてみろなんて。でもつなげるケーブルなんてないし、あったところで電源がきていないからスピーカーから音は出ない。

結局、部屋にもどって人間スピーカーをやることになった。ヘッドフォンをつけたやつが、そのままで歌うという、修学旅行なんかでやる遊びだ。じゃんけんにより、ヒロが最初の順番になった。こいつは昔からいつもチョキを出す。いくら新しい友だちができても、チョキ。たぶん一九九九年になっても変わらないんだろう。

「英語の歌じゃないかよ！」

ヘッドフォンをつけたヒロは不満をいった。ナナコは日本の曲が好きだけれど、このときはたまたま、CDで再発売されたばかりのビートルズを聞いていたのだ。でも、この遊びは洋楽のほうがおもしろい。ヒロはリスニングのテストでも受けるみたいに、ヘッドフォンに集中しはじめた。

歌がはじまったようだ。

「……ヨッペロー♪」

やばい、どこの国の歌だ。ぼくはさっそく笑い転げていたけれど、ヒロはまじめに熱唱しつづけた。

「ロッペンロッペロー♪」

ろっぺんってなに。ナナコもお腹《なか》を押《お》さえて笑っていた。ミチコちゃん人形も、ナナコと笑っているように見える。なんだか、生きていたころのミチコさんがそばにいるような気までした。

最後の夜も、失敗したパーマで、こんなふうに笑っていたのかもしれない。

次はナナコの番になった。ぼくはミチコちゃんを受けとり、一緒《いっしょ》におどる準備をした。

「……ええ、いえー♪」

さすがのナナコも、最初ははずかしそうだった。でも、だんだんのってくる。

「アゴなビーナス♪　わしゃＤＯ！」

ぼくはまた笑って、あやうくミチコちゃんを落っことしそうになった。ナナコがヘッドフォンをもぎとり、気をつけてよと注意する。ぼくはすなおにあやまった。キスの問題じゃなければ、昔からあやまるのは早いほうだ。

そんなときだった。開いていた窓から、急に人の気配がした。ひとりじゃない。そっと窓の外をうかがってみたら、スーツを着た大人と、工事の作業着をきた人がぜんぶで四人くらいいた。家を調べている。

そのうちのひとりと目があってしまった。

「やばい」

急いで荷物をまとめようとしたら、下から「おい」と声がした。このまま逃《に》げても、玄関《げんかん》でつかまってしまうだろう。そこでぼくたちは、また窓から一階の屋根に出た。下にいる男たちは、サビついた門をなんとか開けようとしている。ぎぎぎいと、すごい音が出ても気にしないってことは、ちゃんとした理由があってここにきたにちがいない。

大人たちが玄関に入ってきたようだ。ところが、ぼくたちをつかまえるより先に、入り口でなにかを調べはじめた。チャンスは今しかない。ナナコの荷物はぼくが持ち、ナナコは人形を抱《だ》いて、古びた雨どいをつたった。サビがめくれて手のひらが痛い。なんとか裏庭におりると、ヒロは正面玄関のほうを指でさした。どうせお前らは、逃げる途中《とちゅう》で走れなくなるだろうという。それなら、脚《あし》の速い自分がおとりになったほうが、全員助かる確率は高い。

かわりに荷物をたのむぞと、ヒロは重たいバッグをぼくに押《お》しつけ、さっさと玄関《げんかん》のほうへまわってしまった。残されたぼくとナナコは、音を出さないよう、しんちょうにフェンスをさぐった。網目《あみめ》の細いタイプのやつだった。むりに足をねじこんでみたら、マムシ注意と書かれた看板がフェンスにぶつかり、がんがん音をたてた。滑《すべ》りながらも、なんとかあがる。ところが、どうにかフェンスをまたいだ瞬間《しゅんかん》、ナナコが人形を落としてしまう。しかも逃《に》げる側じゃなく、もときたほうに落としてしまった。

どうする？　一瞬《いっしゅん》考えた。ミチコちゃんの先には、裏庭に出てきたばかりの男がいて、フェンスの上のぼくたちをにらみつけている。時間が止まったみたいだった。次のシーンで、ぼくはフェンスのどっち側に飛びおりるんだろう。先はまだわからない。

いっそ今とつぜん、フェンスの上でナナコに告白したらどうだろう？　そのあとナナコの答えなんて聞かないで人形をとりに飛びおりてやったら、青春っぽくていいかも。どうせこの夏は、今年だけのものなんだし。もう地球の終わりまで時間がないんだし。

でも、そんなことをしたら、ただのばかみたいかな。

「好きホ」

「えっ？」

飛びおりる瞬間にいったもんだから、力が入って変なセリフになってしまった。初めての告白をやり直したいと思ったけれど、ぼくはもう宙に舞《ま》っていた。

8 告白のそれから

いつもより遅《おそ》い時間に学校を出た。部活動の子たちより遅《おく》れていたから、静かな帰り道だった。道が長く感じる。地面に書かれた「止まれ」の表示も、でれんとのびている感じがする。とーまーれー。

「お帰り！」

バス停で待っていてくれたナナコとヒロが、おなじ言葉をかけてきた。ほっとする。たーだーいーまー、といいたかった。

「ごめんね、いっせー。私のせいで怒《おこ》られた」

「怒られたっていうより、あきれられた感じだった」

あの空き家で、ぼくは男たちにつかまった。もうだめだ、誰《だれ》にも見られないし、ひどい目にあわされるかもと思ったけど、実際は名前さえ聞かれずに解放された。恐《こわ》そうに見えたあの人たちは、仕事でいそがしかったようだ。それでも学校には通報されたらしい。うちの制服はマリモ色のひどいブレザーだから、どこの学校かすぐにばれてしまう。この日の朝、出席をとるときに、やった生徒はあとで名乗り出るようにと先生から連絡《れんらく》があった。

ちなみに、ひとりで職員室へいくことにしたのは、文芸部全体でやったみたいに思われたくなかったからだ。まあ、確かに文芸部でやったことになるけど、これは人数が少ないんだからしかたがない。それに、三人ぶん怒られることなんて、今のぼくにはどうってこともなかった。問題外。今はただ、フェンスの上でした告白が、まったくの不発だったことだけがショックだった。なにをいったのか、ナナコにはまるでわかってもらえなかったのだ。確かに前後がむちゃくちゃだったのは、認める。最初のキスのときから、ぼくはいつもこうだ。だけど、あんなチャンスはもうないかもしれない。

「秘密基地だって話したら、なかなか信じてくれなくてさあ。中三にもなって、そんなのないだろって」

「だから俺《おれ》たち、ぜんぶ正直に話すっていったのに、いっせーが聞かないから。なんか部長のお前にだけ責任押《お》しつけたみたいで、なあ」

「けど、三人で海にいく練習をしてただけだなんていったら、もっと時間かかったと思うよ。大人って、うそはすぐ信じるのに、本当のことはなかなか信じない」

いっそ、あの部屋にあった古いゲームカセットを盗《ぬす》むつもりだったっていったほうが、さっさと信じてもらえたのかも。皮肉っぽくいうと、ヒロは、まあこれを飲めと『レモン牛乳』のパックをくれた。

「……でも、遅《おそ》くなったのは信じてくれなかったんじゃなく、先生が、なかなか職員室にこれなかったからだ」

「先生もいそがしいんだろーな。三年の先生は、いつもばたばたしてるから。あんなんで、しっかり学校見れるのか、こんな俺《おれ》でも心配になるわ」

「だな」

「とにかくいっせー、ありがとね。私、もういっぺんお礼いっとく。しつこいみたいだけど、たぶんあと三回くらいいったら気がすむから、ゆるして」

そんなナナコからは、湿布《しっぷ》のにおいがしていた。どうしたのと聞いたら、ぼくを待つあいだ、体育館の裏でスイカ割りの練習をしていたらしい。体育館倉庫から勝手に持ちだしたボールを使ってやったそうだ。

「べこべこのバレーボール借りて、ほうきでスイカ割りの練習してたんだけどね。予想してたよりかなり難しかったの」

「俺もやってみたけど、けっこうコツがいるぞ。剣道《けんどう》経験者でも」

ヒロによれば、かなり腰《こし》を落として棒をふらないとだめなようだった。でも、そんなことを知らないナナコは、そのままほうきをふりおろしてしまったとのこと。下のコンクリートで、衝撃《しょうげき》をもろに受けてしまった。それで湿布をしてもらったというわけだ。そのつんとするにおいを、ナナコはおばあちゃんみたいだと笑うのだけれど、ぼくには反対に、青春のにおいだって気がした。ナナコのポニーテールと夏にも似合っている。むしろしっくりきすぎて、かえってうそくさく感じたくらいだ。きれいで、せつない。

だから、息を長く吸いこんだ。湿布をたくさん吸いこんでから息を止めた。これって本物？　明日にでも消えてしまわない？　そんなことを考えながら、腹筋をしめた。お腹《なか》の中で、ぼくとひとつになるように。

そうしたら、はたと気がついた。そういえば今日、人形はぼくの家に置いてある。男たちに釈《しゃく》放《ほう》されたあと、まっすぐ家へ帰ったからだ。こういうチャンスは大事に使わないと。いつまでも、好きホくらいで落ちこんでいるわけにはいかない。

バスにはいつもどおり、ぼくとナナコのふたりで乗った。こんなふうにあと何回、ふたりでバスに乗れるだろうって、つい計算してしまう。でもぼくは、たぬきち先生と一緒《いっしょ》で暗算が苦手だ。くりあがって、こんがらがって、ちらばってしまった数字を放りだし、となりのナナコを見た。

「まぶしいな、外。つい前まで、この時間だったらもうまっ暗だったけど、夏が近いんだ」

するとナナコも窓を見るのをやめ、こっちをむいた。ポニーテールがゆれて、夕日をはじき飛ばす。

「……そういえばスイカ割りなんだけど、湿布《しっぷ》巻いてもらうとき、保健の先生が話してたよ。あれって、本当に海でやってるの見たことないって」

ぼくは健康なせいで、保健の先生のことをほとんど知らない。でもナナコは保健室で授業を受けることもあるから、普段《ふだん》から姉妹みたいにあれこれしゃべっているみたいだった。先生は色白で運動ぎらいに見えるけど、大学生のころ、海にはよくいっていたという。

その先生情報によると、バーベキューなんかも、専用のエリアじゃないとできないそうだ。ほかにも花火やビーチバレーなど禁止事項《じこう》は多いみたいで、もしかすると、スイカ割りもだめなのかもしれないとのことだった。

「そもそもスイカって、ひと玉買ったらけっこう高いらしいから、学生じゃあ、そんなぜいたくできなかったよ、だって」

「そうなのかあ。家でも、一個まるまる買ったことなんかないもんな」

「知らないよねえ。うちなんか、おばあちゃんと私だけだし、半玉でもあまるから。メロンとおなじくらいかと思ってた」

「メロンは高いだろ？」

「そんなことないと思うけど。確か大洗のほうは安いって聞いた」

「うそだあ。そんなことあるかあ」

「だってお母さんが昔住んでいたのって、あのへんだよ。一応、私の出生地だってそこの近くだし」

ナナコは学校指定のバッグを少しわきによけた。今日のバッグは、いつもとちがって人形がいないせいか、ぱんぱんじゃない。

「そうだ。お母さんっていったら、人形、いっせーのとこ帰りにまっすぐとりにいっていいんだよね？　それとも公園で待ってたほうがいいの」

「なんでわざわざ公園で待つんだよ。よってけばいいだろ」

なんでもないそぶりをするのが難しかった。なぜか怒《おこ》っているようになってしまう。告白のエネルギーを一度使いきってしまい、まだ調子がもどっていないようだった。

「うちは共働きだから、親のこととか気にしなくてもいいし」

そういうんじゃないけど、とナナコはいった。そういうんじゃないなら、どういうんだといったら、ぎこちないまま時間だけがすぎて、そのままバスをおりることになってしまった。おかげで、家につくと空気はますますかたくなった。玄関《げんかん》のドアを開けて、閉める。親にいわれているとおり、ちゃんと鍵《かぎ》もロックする。ふたりは、どんどんかたくなった。

家の階段を、できるだけ普通《ふつう》にあがった。ナナコがいるっていうだけのことで、いつもとなにもかわらない。それでも、階段をあがるうちに緊張《きんちょう》が高まっていった。もう限界で、心がもたないところまできた。

ぼくは、その場しのぎにでも空気をやわらげる必要があった。そこで、「ミチコちゃんー、ただいまですよー」とふざけながら部屋のドアを開けた。普段《ふだん》のナナコなら、急にばかみたいになってどうしたのって聞いてきたかもしれない。でも、この日はナナコもほっとしたみたいだ。

「帰ってきましたよー、ただいまですー」と、おなじようにばかみたいなあいさつをした。

「ど、どう？　うちでもちゃんとおとまりできてただろ」

「ほ、本当。まだ寝《ね》てるみたいだね」

「も、もう少し寝かせといてやったら」

かたくるしさから逃《に》げるため、変なままごとがはじまった。

それでも、おかしを出してやるころにはリラックスしていた。これが、もともとのぼくたちの形だ。だからこそ告白のタイミングが難しくなるのはわかっていても、今はほっとする。

ナナコはポッキーを三本まとめてくわえると、部屋のチェックをはじめた。ここへ初めてきた子はたいてい、あちこちと見てまわるのだ。ぼくの部屋は屋根裏部屋で、形が変わっているからだろう。そのぶん、少しせまいけれど、そんなところも気にいっていた。おじいちゃん、おばあちゃんが死んでしまい、広い二階の部屋があいたのにずっと引っ越《こ》ししないでいるのは、そのせいだ。

「屋根裏部屋って初めて見たわー。ヒロからうわさで聞いてたけど」

「天井《てんじょう》がななめでおかしいだろ？　こっち側の壁《かべ》なんて、これだけしかスペースがない。普通の棚《たな》とか箱とかむりだから、捨てるものととっておくもの、いっつも悩《なや》むよ」

そしてこの壁は、なんとなくぼく自身と似ている。ぼくの心もななめでできているから、ぴたっとはまるものはなかなかない。だから、たまにはまるものを見つけると、もうそれしかないと思いこんでしまう。

そんなだから、変化が苦手なんだろうな。一度好きになった友だちとも、ずっとそのままがいいって思ってしまう。いなくなれば、ぼくの壁《かべ》がもう埋《う》まらなくなるような気がして。ナナコを好きって気持ちが本物なら、寮《りょう》に入るっていうナナコの気持ちだって応援《おうえん》できるはずなのに、やっぱりできないのも、そんなわけなんだろう。

「このななめの棚《たな》とか、手作りだね」

「うん？　ああ」急にいわれて、答えるタイミングがずれた。

「ぼろっちいだろ。百円均一の箱をあわせてくっつけただけ」

「そんなことない。いいよ、これ」

ナナコが棚を開け閉めする。まずいものは隠《かく》していなかったはずだ。

「なんか、いっせーぼくていいよ」

ナナコはそういって、部屋のものを順番に人差し指で触《ふ》れていった。ペットボトルについてきたおまけのキャップから、地球儀《ちきゅうぎ》の鉛筆削《えんぴつけず》りへ。アンテナのつながっていない、ゲーム専用のテレビモニターから、その上にのっている大仏のスノードームへ。ぼくは、自分の大事などこかをさわられているような、変な気分になってきた。

たまったつばを飲みこんだら、ごくんと大きな音が出てしまう。いいわけをするみたいに話題をさがした。

「ええと、ナナコさ。この部屋、いやじゃなかったら、これからもときどきこいよ。一緒《いっしょ》に勉強したりするのもいいし。部活終わってても、いろいろ協力しあえるだろ」

「勉強？　ふたりきりで、できるかなあ」

ナナコはそういうと、ベッドの上のミチコちゃん人形に手をやった。お腹《なか》の冷えを確認してから、ベッドの上のタオルケットをかけてやる。

「でも、たまには人の家にくるのいいね。私、友だちの家で遊んだことほとんどないから……ミチコちゃんもよろこんでるっぽい。夢まで見てるみたい」

「夢っていったら、ミチコさんの夢を見るって話、どうなった？　まだうまくいかないの」

「うん、難しい。それに最近、お母さんの顔を思いだすのが難しいんだよね。どうしてだろ。私、信じられないけど、お母さんのこと忘れかけてるのかな。だとしたらひどすぎるよね。人間じゃないくらいひどい」

そんなことあるもんか。ぼくは思わずそういったけれど、ナナコはなにも答えず身体《からだ》をのばしただけだった。背中がぱきっと鳴る。

「ねえいっせー。もし私が家を出たら、お父さん、あの女の人を家につれてくると思う？」

「そんなことないような気がするけど。ナナコのお父さんに好きな人ができたってことからして、やっぱり俺《おれ》には信じられないし」

「うん。でも、もしかしての話」

「俺ならしない」

「じゃあもし、それくらい好きな人ができたら？　人は変わるでしょ」

「変わるかもしれないけど、それとこれとは別だろ。たとえば、もし俺とナナコが結婚《けっこん》したとするだろ。それで、ナナコが死んじゃって……」

「私が死んで？　それから？」

それから？　それから一生誰《だれ》もこの部屋には入れない、なんていったら、また変な告白になってしまうかもしれない。きのうの今日で、ぶざまなことだけはさけたかった。どれだけ本当の言葉でも、ちゃんとしたタイミングで伝えないと、正しく伝わらないことがある。

なにも答えずにいると、ナナコはふうとためいきをついた。ためいきなんて、初めて聞いたので新鮮《しんせん》だ。ひとつつくたびに、しあわせもひとつ逃《に》げるっていうけれど、ナナコのはそんないやな感じじゃない。うすい色鉛筆《いろえんぴつ》で書いた、かわいい句読点みたいだった。

「結婚だってさ、私といっせーが」

「なんだよ。それこそ、もしもの話だろ」

「私といっせー、一緒《いっしょ》に暮らしたらどんなだろう。ミチコちゃんも一緒で。三人とも、めちゃくちゃになるかな」

「楽しいんじゃないの？　うちの二階、もっと広い部屋があいてるから、ためしてみたかったら、いってみたまえ」

「そんなこといったら、本気でくるかもよ。あの学校、夏休みは寮《りょう》にいれないそうだから。お父さんがもし新しい女の人とつきあったりしてるなら、私も家にもどりたくないし」

「そうなの？　じゃあ、本当に住む？」

ぼくのほうがつい本気になっていたんで、ナナコに笑われてしまった。子供だな。それに落ちついて考えれば、ナナコはすっかり、あの学校にいくつもりらしい。よろんでいる場合じゃなかった。

また、静かな時間がやってきた。でも今度のは、本当にとても静かな時間だった。

ずっとベッドに座っていると、いつのまにかナナコの制服のブラウスが肩《かた》に触《ふ》れていた。ぼくはいつもどおり、とっくに制服を脱《ぬ》いで、Tシャツだけになっていたから、なおさらよくわかる。体温が伝わるのが、なぜかはずかしかった。なのに、ナナコの体温が伝わってくるのはうれしかった。熱がいったりきたりするのとおなじように、体重もこっちにかかったり、あっちにかかったりしている。ほんのかすかにだけれど、ぼくたちは押《お》しあっていた。

「もしいっせーと一緒《いっしょ》に暮らすことになったら、どんな部屋に住むんだろうって想像してたことがあったな」

ナナコが急にそういった。外はだいぶ暗くなっている。まだ電気もつけていなかった。

「小学生のころ、あったでしょ。昔のことだから、いっせーはもう忘れちゃったかもしれないけど」

そこで、ぼくはちょっとかまえた。なにをいうんだろう？

するとナナコは、あのキスの話をはじめた。ちゃんと彼女《かのじょ》の口から聞くのは、これが初めてのことだった。

「覚えてる？」

「二年生のときだろ。忘れてないよ」

そんなこと、いくらなんでも忘れるわけがない。それどころか、たぶん死ぬまで覚えているだろう。けれど、そのあとナナコが教えてくれたのは、ぼくの知らないことばかりだった。

実はあの事件のことを、ナナコのお母さんはよく知っていたらしい。ナナコが無視をされているとかんちがいしたミチコさんが、学校へ相談しにいったからだ。ところが、誰《だれ》かとキスをしたといううわさが原因で、みんなから浮《う》いているのだと先生から聞かされて帰ってきたそうだ。

「家にもどるなり、誰とキスをしたのってまっすぐ聞かれて、はずかしかったな。私、最初はだまっておこうとがんばったんだけど、最後はいっちゃった。お母さんも怒《おこ》るって感じじゃなかったし、私もたぶん、どこかで誰かに話したい気持ちがあったのかも……だけど、あとでやっぱり後悔《こうかい》したよ。ほら、いっせーはそのあと、しゃべってくれなくなっちゃったでしょ。お母さんに話したことばれて、怒らせちゃったんだって。でも、あやまれなくてさ」

「……そうだったのかあ」

泣きそうになる。ナナコのほうは、そんなことを考えていたなんて。ぼくは一ミリたりとも怒ってなんかいなかった。

「お母さん、そのことで、なんかいってた？」

「まだ早いと思うけど、どうしても好きなんだったらしかたないねって」

「えー。でも、ミチコさんらしいっていえば、らしいのか」

「ただ、両方が好きじゃないとキスはだめだよともいってたよ。私ひとりだけが好きでいるうちは、だめ。好きになってほしいからキスしたりするのは、やめなさいって。それって、さびしいことだから」

「うん」

「私、小学生だったけど、お母さんのいうこと、ちょっとわかるような気がして考えちゃった。だけど、わかりましたってすなおにいうのもいやで、じゃあ両方が好きでキスしたら、そのあとどうなるのなんて聞いてたの。いじわるでしょ。私はお母さんのこと好きなくせに、ついそういうことするくせがあったから」

「そんなこと聞かれたら、ミチコさんこまってたろ」

「こまってたよー。保健の先生に聞いてきなさいとかいわないだけましだったけど」

ナナコはくすりと笑う。

「お母さん、キスのあとは一緒《いっしょ》に暮らさないといけないなんてごまかしてたなあ。昔のお母さんみたいに、育った家を出て、好きな人と一緒に暮らさないといけないって。それで私、いっせーの家で一緒に暮らすところ想像してたんだ。やっぱりむりかなって、すぐに思ったけど。ふふふ」

「むりかな」

「むりっていうか、想像つかない。だいたい、本当はお母さんだって、そんな順番じゃなかったはずなのにねえ。私をひとりでうんだんだから」

「それもそうか」

「でも、うんでくれたのはうれしいよ。ときどき、うまれて面倒《めんどう》に感じるときはあるけど、いいことのほうが多いしなー」

それからナナコは、最近のいいことをいくつかあげた。たとえばこのあいだ、飛行機の通ったあとに雲ができるのではなくて、反対に雲が透明《とうめい》になってしまう消滅《しょうめつ》飛行機雲を見つけたという。つめに白いはん点ができたことも、うれしいうちに入るそうだ。ラッキースターといって、どの指のつめかで、幸運の種類も決まるのだとか。ちなみに親指は恋愛運《れんあいうん》だった。

この指は恋愛運が上昇《じょうしょう》するんだとナナコはいって、つめをぼくに見せて、それからだまった。

まだ、だまっていた。

まだ。

そのあと急に、昔、きみがキスしてくれたこともうれしかった、といった。ぼくは、自分の耳がおかしくなっているんじゃないかと思った。でも聞き直したりはしない。聞き直したら、ナナコの気持ちがいきなりがらりと変わってしまいそうに感じたからだ。急に、やっぱりあれは最悪の記憶《きおく》だった、なんていいだすかもしれない。うれしかったホ、というかもしれない。だからナナコと肩《かた》が軽く触《ふ》れたまま、じっとしていた。

体重がまた少しだけ、こっちにかかってきた気がした。

次にもう少しもたれてきたら、またいってしまおう。そう決めた。

「どうした、いっせー」

「俺《おれ》は、たの」

「俺は、たの？」

「その、楽しいこととか、いいこととか、ナナコと」

「私と？」

「一緒《いっしょ》にいると楽しくて、それがいいことなんだけど」

「そう、サンキュー。私もいっせーと……」

「ナナコ、ちょっとだまれ」

「なあに、なんなの、急に怒《おこ》りだして」

そして今度はぼくのほうがだまっていた。ナナコのときより、静けさがずうんと重たく感じる。

でもまだ、だまっていた。

まだ。

好きだ。

今度はちゃんとゆっくり、最後までいえた。

「今なんていったの」

さっきまで止まっていた時間が、また動きはじめたようだった。そしてぼくはなぜだかこのとき、しまった、と思っていた。自分がとりかえしのつかないことをしてしまった感じだ。夢の中でおしっこをしてしまい、やばいと思って目が覚めたときによく似ていた。

そんなぼくとは反対に、ナナコはぱあっと明るくなった。音楽のビデオクリップなんかで、白黒の映像に色がどんどんついていくみたいな感じだ。

「なんていった？　私のこと、まさか好きだったのいっせー？」

「……ええと、まあ。そうかも」

「そうかもって、どっち。でも、なんで。そんなそぶり、ぜんぜんなかったのに。何年も私のこと怒《おこ》ってたんじゃないの、いつゆるしてくれるのって思ってたのに、今になって好きとかどうして」

だんだんとナナコの日本語がくずれてくる。最後は、「早くいってくれればよかったでしょ！」とほうり投げるみたいにいった。それはあまりにとうとつで、ぼくは一瞬怒《いっしゅんおこ》られているのかとさえ思った。やっぱり迷惑《めいわく》だったんじゃないかと。

「あの……それでナナコ的にはどう？　迷惑？」

「知らないよー。そんなこと、いいたくない」

「なんでだ！」

子供みたいに、くすぐりあいがはじまってしまった。

ミチコちゃん人形がベッドから落ちた。ぼくたちがベッドに寝《ね》ころがったからだ。

（あんたたち！　中三なんだから、そういうのは早くない？）

床《ゆか》に落ちた人形が、そういっているように感じる。

（好きって気持ちは大切だけど、本物なら、来年まで待てるはずでしょ！）

だけどぼくはナナコをにらんだままだった。ナナコもぼくをにらんでいた。ナナコの目の奥《おく》を見ると、ナナコもぼくの目の奥をのぞいた。すると急に目をはずして、そのまま閉じてしまった。

それはなにかの合図なのかなと思って、少し考えて、でもきっとそうなので、おそるおそる唇《くちびる》をつけた。唇はくっついてはなれなかった。小学生のときとはちがい、ちゃんとしたキスになった。そのうち唇がかわいてくっつきそうになったんで、一度はなして、またつけた。

キスが終わったあと、ぼくたちは力がすっかりぬけてしまった。

このままでいると、どこか自分でもわからない場所へ、ふき飛ばされてしまいそうだった。ぼくはベッドから手をのばして、ミチコちゃんをひろいあげた。それを重しのように、ふたりのお腹《なか》にぽんとのせた。

見あげたななめの天井《てんじょう》には、やっぱりななめの天窓がついているから、外が暗くなってしまったのがよくわかる。でも、もう動いても安全と思えるまで、じっとこのままでいようと思った。そうしないと、なんだか、準備のできていないことまでしてしまいそうな気がした。ここはなにもない、なにも起きないはずの町なのに。なのに、なにかが、起きてしまう。

ナナコを送るとき、あたりはもうまっ暗だった。けれどまだ会いたりない気がして、ぼくたちはいつもの公園によった。八十円ジュースを買って話をする。話題は、ぼくたちが小学生のときにしたキスは、ファーストキスに入るかということだった。あれが保育園や幼稚園《ようちえん》だったら、ファーストキスというより、ファーストちゅー、だ。そうなってくると、今日がファーストキスの記念日になる。

「だいたいあのときのは、いっせーがばかみたいなことといったからだったし。キスって十回いってみてって遊び。よくあるでしょ、ピザって十回いわせるいたずらみたいなの」

「それで？」

「キスキスキスっていったら、『今、好き好き好きっていった？』って。それで私、好きなんていってないっていっていい返したの。そうしたら、『じゃあ、キスキスキスっていったんだな。わかった』って。それでいっせーはキスしてきたんだよ。意味わかんないでしょ」

「まさか、俺《おれ》がそんなばかみたいなことといった？」

「いった」

「なんでそのときナナコ、怒《おこ》らなかったんだ。十年前の自分じゃないけど、もどれるならもどって、俺が俺を叱《しか》ってやりたい。いや、もう、今の俺が消えてなくなりたい」

おたがい好きだったってわかったばかりなのに、消えてなくならないでよとナナコはいった。

それでぼくは、だったら、誰《だれ》も知らないところへいきたいと訂正《ていせい》した。

「それなら、やっぱり海だね。海にいったまま、私たちどこかへ消えちゃおうか。ヒロには悪いけど」

ついてくるとかいいそうだなあと、ふたりして笑う。それでぼくは、スイカ割りもないし花火もできないだろうけれど、なるほど海なんだよなと思った。海には青春がある。

夜に隠《かく》れて、ナナコの肩《かた》を抱《だ》いた。そのあいだで、ミチコちゃんがむぎゅっとつぶれて、インコみたいに細長くなっていた。本当にはつぶれていなくても、それくらいぼくたちはくっついた。


誰かを好きになる気持ちは知っていたけれど、両思いになる気持ちは今まで知らなかった。

最初は、身体《からだ》に穴があいているようになる。力がぬけて、脚《あし》がフワフワとして、スケート靴《ぐつ》を脱《ぬ》いだばかりのときみたいになる。でも、こんな不思議な感覚も、ナナコの家の前についたら消えた。門の影《かげ》で、おばあちゃんが待っていたからだ。

おばあちゃんとナナコの仲が急によくなることはないんで、ここはせめて、友だちのぼくが愛想よくしようと思った。こんにちは、と頭を下げる。

すかっとするほど、むしされた。

「ナナコ。早ぐ帰ってこいっていってたろ」

おばあちゃんのいいかたは、ぶっきらぼうに聞こえる。でも、このあたりの古い人はみんなこんな感じだ。だけどこの日のおばあちゃんは、本当に機嫌《きげん》が悪かったらしい。あずけていた人形をとってきたから遅《おそ》くなったと、ナナコが説明すればするほど表情がけわしくなっていく。自分のしわの中に、顔がめりこんでいくみたいだった。

「ナナコは。中学三年にもなって、いつまで人形遊びなんかするの」

「別に私の勝手でしょう」

「なに、お母さんみたいないいかたして」

「そりゃあ、お母さんの子だもん。お母さんに似てたら、おばあちゃんは気にいらないだろうけど、しかたない」

ナナコが、おばあちゃんを押《お》しのけて家の中に入ろうとした。おばあちゃんがナナコのうでをつかもうとして、人形が落っこちそうになった。

そのときおばあちゃんは、人形が落ちないよう、条件反射でさっとひっぱりあげようとしたように見えた。一瞬《いっしゅん》だったけど、ぼくの目にはそんなふうにうつった。でもナナコには、むりやり取りあげられるように思えたのかもしれない。力を入れて、ひっぱり返した。

人形が地面に転がった。あっ、とナナコが声をあげた。おばあちゃんが玄関《げんかん》前にある石段をふみはずすのが、スローモーションで見えた。ぼくらなら、ほんのひとまたぎすればすむ程度の段差なのに、まるで階段を転げ落ちるようだった。

スローモーションからとけたぼくは、おばあちゃんにかけよった。でも、どうしてだか手が出ない。転んだのは自分じゃないくせに、恐《こわ》くて口がからからになって、なにもできなかった。おばあちゃんにさわったら、どこか折れるような気がしてしまう。

ふいにナナコが、ぼくの肩《かた》をゆさぶった。電話をかけてくるから、ちょっと見ててねと大きな声をあげる。わかったと、なんとか答えた。

動けなくなった自分がみっともなかったと思えたのは、救急車の音が田んぼのむこうから聞こえてきてからだ。子供っぽい自分にいやけがさした。

家にもどったあとは、お母さんがまだ仕事から帰っていなかったんで、まっすぐ天井裏《てんじょううら》の部屋にあがった。

ベッドのシーツに、さっきまでナナコが寝《ね》そべってできたしわが残っていた。

ぼくはそのしわに飛びこんで、早く大人にならなきゃと思った。

9　ネコのつめ

ちょっと地面に落としただけだったのに、ミチコちゃんのおでこには傷がついてしまった。そして、おばあちゃんのおでこにも。だけどおでこより大変だったのは、脚《あし》を折ったことだった。あれくらいのことで折れるなんて信じられなかったけれど、歳《とし》をとると、そういうこともあるらしい。手術もして、ひと月近くは入院が必要になるそうだ。

それでもぼくたちは、おばあちゃんがしばらく家にいないことを、どこかでよろこんでいたと思う。いけないことだけど、そうだった。

ぼくの家も共働きだから、学校が終わってバスに乗ると、そこからはもうぼくとナナコ、ふたりだけの世界になる。ナナコの家には、お父さんが単身赴任《ふにん》先からもどってきていたけど、会社が遠すぎて朝は早く、夜はおそい。だからふたりしてご飯の材料を買いにいったり、夕飯を作ったりして、新婚《しんこん》カップルみたいにすごした。キスをするのも自由になった。おたがいの家、部屋、公園、あちこちで唇《くちびる》をあわせてみた。

当然、そんなことをしていると、キス以上のことが起こりそうなこともあった。もちろん、結《けっ》婚《こん》しないと子供はできないなんて考えていた中一のころとはちがうんで、それ以上ってなると、どういうことがあるのかはわかっている。それでもぼくたちは、キスより先にいく準備をしなかった。準備をすれば、簡単に一線を越《こ》えてしまいそうな気がしたからだ。それでいて、いつも越えてしまいそうな、あぶないキスを続けた。

あるときは、ミチコちゃんにじゃまされて、すんでのところでわれにかえったこともある。人形がぼくたちをじっと見ているようだったから、テーブルの下につっこもうとしたときだった。うでを引っかけて、テーブルの上のジュースをぶちまけてしまった。あわてて畳《たたみ》をふいたり、人形を洗ったりするうち、もう甘《あま》ったるい気分じゃなくなってしまった。

最近、ちゃんと遊んであげないから、機《き》嫌《げん》悪いのかもねなんてナナコはいった。あの男たちに見つかってから、秘密の空き家にもつれていっていない。洗ってますますくせ毛がきつくなった人形を、じゃまされてにくらしいような、ほっとするような、こんがらがった気持ちでぼくはながめたのだっけ。

ところが、ミチコちゃんの事件はこれだけじゃ終わらなかった。この二日後、この人形がもとで、初めてヒロとケンカをしてしまったのだ。

「ナナコとキスしたことがあるって、それ、お前のことだったのかよ、いっせー」

たぶんそのときは、どうして最近、ぼくまで人形の世話をしているんだとヒロから質問されていたんだと思う。でも、最初からほとんど聞いていなかった。ここしばらくのあいだ、ぼくとナナコと世紀末のことで、頭はぎゅうぎゅうになっていたからだ。

「なんで先にいわなかった！　大事なことだろ」

「いや、それは、小学校のことで……」

「俺《おれ》があいつのこと好きだって、いっせーは知ってたんじゃないのか、おお？」

「知らないよそんなの。それに、俺がナナコを好きになったのは、ヒロよりもっと先だ」

なんだあ、早い者勝ちってか？　ヒロは声をあらげていった。いわれてみれば、確かにぼくがまちがっていた。でもそれなら、ヒロが昔から本当に好きだったとしても、ぼくには関係がない。それに本当のことをいうと、ぼく本人だって今起きてることが、どこかで信じられないくらいなのだ。つい先週までは、どうやって告白するかで、死ぬほど悩《なや》んでいたくらいなんだから。まあそうはいっても、少し調子に乗っていたのかもしれない。学校にいるあいだ、ぼくとナナコはしょっちゅうメモや手紙をやりとりするようになっていた。特にナナコは授業に出ないぶん、休み時間のたびにメモを渡《わた》してきた。梅の形に折ったり、セーラー服みたいな形で、次々《つぎつぎ》に送ってきた。ノート数ページぶんのときもあって、本当に一週間で短編小説が書けそうなくらいの勢いだった。

でも実をいうと、メモに書いてあったことに、甘《あま》ったるい要素なんてゼロだった。ナナコは小学校のキス事件のあと、もう一度ぼくたちがキスをするようになるまでの数年間のことを書きまくっていたからだ。誰《だれ》とも話せなかったたくさんの時間を、ぜんぶぼくに覚えておいてほしいみたいだった。まるで、お母さんのようにある日とつぜん死んでしまうことを、ずっと怖《こわ》がっていたみたいに。

ところが、この大量の手紙のことは、やがてヒロにまで伝わってしまった。いくらなんでも多すぎるもんだから、その手紙を読ませろとまでいいだした。もちろんことわったけれど、いつものようにふざけたのりで、最後は手紙をうばわれてしまった。しかもこの手紙に限って、ナナコはキスのことを書いていた。なんとかうばいかえしたとき、ヒロはもうほとんど読んでしまっていた。もちろん、だからってキスのことでヒロにもうしわけなくなる必要は、これっぽちもなかったはずだ。なのにぼくは、怒《おこ》ったふりをして、とにかくその場からはなれた。早足で姿を消した。

けれど一日中、ヒロをさけていることはできなかった。放課後、人形を持って学校から出たところをつかまってしまったのだ。ついでに、ヒロだけはずしてナナコと会おうとしていたのも見《み》抜《ぬ》かれたにちがいない。うらみちで、ナナコと待ちあわせていた。

放課後の自転車置き場で、ヒロに胸《むな》ぐらをつかまれたとき、助けに入ってくれたのは大きな空気入れを持ったバレー部の二年生だった。バレーボール用の空気入れで、自転車のタイヤをふくらませるつもりだったんだろう。先にはアダプターみたいなのがついていた。

「先輩《せんぱい》、三年生じゃないですか。ケンカとかよくないですよ。内申にひびきますって」

なんとなくだけど、二年生のこの女子は、ヒロのことが好きみたいだった。だから、どうしてぼくたちがケンカになっているかは説明できない。おかげで、ミチコちゃん人形がひどいめにあってしまった。一度は校舎にもどろうとしたヒロだったのに、怒《いか》りがおさまらないみたいでもどってきた。急にぼくから人形を取りあげ、「ふざけんじゃねー!」と、投げすてた。そのあと、人形にむかってぼくのバッグを投げつけた。中身はみじめにちらばった。

コンクリートの床《ゆか》にはカッターナイフ。それまで筆箱に入っていたやつだ。先生をさしたどこかの中学生のことが頭をよぎった。なにもない、なにも起きないような町でうまれたぼくの心にも、怒りが一瞬《いっしゅん》、爆発《ばくはつ》しそうになった。キレるって、こういうときに起きるのか。

だけど心配はいらない。普段《ふだん》ぼくが持ち歩いているのは、きなこねじりの袋《ふくろ》をまっすぐ開けるために使う、ネコのつめみたいなミニカッターだ。それに、ミチコちゃん人形がこっちを見ているのに、とても武器なんか使えない。

ただ、だまっているのもしゃくなんで、ぼくはヒロとむきあった。もちろん、勝てっこないのはわかっている。うまれてからケンカに勝ったことがないんだから、大きなヒロ相手じゃまずむりだ。でも、ぎっとにらみ返した。ぼくのことはともかく、ミチコちゃんに手を出すな。そんな気持ちで、ぐっとつめよった。

そのあとは予想どおり、柔道《じゅうどう》のわざでもかけられたみたいに、きれいに投げられてしまった。ところが終わってみると、なぜかヒロがほっぺたをすりむいていた。ヒロもどうしてそこをけがしたのかわからなかったみたいで、自分の血かどうか、なんどかさわって確かめていたくらいだ。ぼくのベルトのバックルがぶつかったにしては、位置が高すぎる。

最後に、しりもちをついたまま立ちあがろうとしないぼくに、ヒロはまたなにかをぶつけた。百円ショップで買った防水ケースだ。中に、あの五百円硬貨《こうか》が入っているのがすぐにわかった。

「それやるから、海、お前らだけでいってろ。ばか」

ヒロはそういい捨てていってしまった。二年生はぼくに礼をしてから、ちょっと悩《なや》んで、結局ヒロにくっついていった。

ミチコちゃんをひろいあげたら、こちらもほっぺたをすりむいていた。おばあちゃんのときとおなじだ。まるでぼくの身代わりになってくれたようにも思えた。準備のないセックスをとめるだけじゃなく、あぶないことからも守ってくれたのか。いや、このときはもっとあぶないことから守ってくれたのかもしれない。ぼくは、ミニカッターをひろいあげた。こいつは、食べる楽しみのために使う、便利でいい道具なのに。ばかみたいだけど、ぼくはカッターにあやまって、大事に筆箱にもどした。

それから、ミチコちゃんにもあやまった。本当にこの人形には、ミチコさんが乗り移ったんじゃないかって、そんなふうに思えてきたからだ。だからミチコさんは、ナナコの夢に登場できなくなったんじゃないのか、なんて。

ミチコちゃんを抱《だ》きしめて、またあやまったら、他の女子生徒たちが気持ち悪そうにぼくを見ていた。

10 ナナコのお父さん

仲よくなりすぎたぶん、ナナコが学校にこないと、やけにさびしく感じるようになった。気をまぎらわせるために勉強をしても、部活用の書き物を書いてみてもだめ。ヒロとのケンカもダメージが大きかった。ヒロに近い友だちや笹岡あずみをなんだかさけるようになって、だんだんとぼくも学校が苦手になっていった。

そういうわけで、ぼくはおばあちゃんの病院へお見舞《みま》いにいくことに決めた。こなくていいとナナコにことわられていたって、一応、あの場所にはぼくもいたんだし、そのまま知らんぷりをしているのも気持ちが悪い。

ついでにミチコちゃんをまたあずかるつもりもあった。しばらくナナコが世話をする番で止まっている。でもまたつれて帰れば、ナナコはすぐぼくの部屋へ遊びにきてくれるだろう。ミチコちゃんを人質《ひとじち》にとるみたいだけれど、今のぼくにつける薬はナナコしかいなかった。

いつもバスの中からながめていたんで、幹線道路ぞいの新しい病院には簡単にいけた。ウォーキングマシンが何台も大きな窓にむけてならべられているのは、たぶんリハビリ用の設備なんだろう。それがぱっと見にはスポーツジムのようで、ずっと気になっていた。

四階のエレベーターホールで待っているといっていたナナコは、いつまでたっても姿をあらわさなかった。みんないそがしいのか、ナースステーションのカウンターにも人がいない。どうせ帰り道だし急ぐこともないから、お見舞《みま》いのもなか（駅のおみやげ店で買ったやつ）を持って、病室のろうかをひとまわりすることにした。ドアが開きっぱなしになっている病室が多かったんで、順番に中をのぞいていったけれど、みんなベッドのまわりにカーテンをひいていた。これじゃあ、ナナコのおばあちゃんがどこにいるのかわからない。

病棟《びょうとう》を一周半したところで、なつかしい姿が眼に入った。かどっこの談話室コーナーに、何日ぶりかのミチコちゃんがいた。

「あのう」

ぼくは、ミチコちゃんと一緒《いっしょ》に座っていた男の人に声をかけた。どこかで見たことがある人だと思ったら、それはナナコのお父さんだった。ミチコさんが生きていたころよりだいぶやせている。そのせいか、ますますナナコの顔に似てきた気がした。

でもやっぱり、ナナコとお父さんは血がつながっていないわけだから、似てくるわけがないのか。それとも一緒に暮らしていたら、血なんて関係なく似るのかもしれない。ぼくはそんなことを考えた。うちのネコと、うちのお母さんも顔がそっくりだ。

「せっかくきてもらったのに悪いね。おばあちゃん、今、寝《ね》てるんだよ。ナナコもどこかにいっちゃって」

もなかを渡《わた》してあいさつをすると、お父さんは、もうしわけなさそうにそういった。なにもないけどジュースでも飲んでいってよと、自動販売機《じどうはんばいき》にお金を入れてくれる。おばあちゃんのけがはだいぶよくなってきたそうだ。ただ、リハビリ病棟にうつっても、もうしばらく入院は続くらしい。

「おじさんは仕事がいそがしくて、そうそう送りむかえもできないからねえ。これ以上、ナナコに迷惑《めいわく》かけるわけにもいかないし」

「やっぱり、三年であんまり学校休むの、あれですもんね。しかたないんだろうけど、あれですよね」

よけいなお世話かなと思って、はっきりとものがいえなかった。

「ところでその人形、どうしてここに？　ナナコからあずかってるんですか」

「ああこれ？　これね、ナナコがおばあちゃんさびしいだろうからって前に持ってきてくれたんだけど、他のベッドで怖《こわ》がる人がいてさ。手術あとのせんもうが出て」

中学生にとって「せんもう」といえば、もう、ゾウリムシのほかはない。ゾウリムシは「せん毛」で、ミドリムシの「べん毛」とごっちゃにならないよう注意がいる。だけど病院のせんもうっていうのは、変なものが見えたり、今がどこでなにをしているのか、わからなくなることらしかった。手術を終えたばかりの老人の中に、少しのあいだ、せんもうを起こす人がいるのだとか。

「迷惑《めいわく》だから持って帰るようにいったら、ナナコ怒《おこ》っちゃって」

「それで、どっかにいっちゃったんですか」

「うん。買いものしてくるっていったけど、もしかしたら、家に帰っちゃったのかな。約束してたんだよね。ごめんねえ」

昔から一緒《いっしょ》で知ってるだろうけど、あの子は、変なところにこだわりがあってこまるんだ。ナナコのお父さんは、そういってから、もう一度、あやまった。ぼくも、いいえこちらこそいそがしいときにきてしまってと、あやまった。いいかたがちょっと大人っぽくなったんで、こんなときに少しうれしかった。

お父さんの買ってくれたコーヒーを飲みながら、しばらくふたりで話をした。でも、ものすごく緊張《きんちょう》していたんで、ほとんどむこうがしゃべるのをきいていただけだ。そりゃあできることなら、新しい恋人《こいびと》がいるって本当なんですかと聞きたい。でもぼくは、ナナコとキスをしている。そんなことが男の親にばれたりしたら、どうなってしまうのか想像するだけでも恐《こわ》いので、コーヒーとお父さんの話に集中するしかなかった。

「ミチコさんがああなって、ナナコもつらいだろうけど……」

窓の下に走る、まっすぐな幹線道路をながめながらお父さんはいった。自分の死んだ奥《おく》さんを今でもさんづけでよぶのは、おかしな感じだった。

「それでもナナコには、いつまでも思い出にひたっていてほしくないんだ。自分の母親を忘れられないのは当然だし、忘れないでいてくれてうれしいけど、中学生が昔のことばかり考えてちゃだめだとも思う。これからの人生のほうが、ずっと長いからね」

「はい」

「昔のことばかりっていえば、きみたち、あの家に忍《しの》びこんでたんだって？　この人形も、そこから持って帰ってきたそうじゃない。ナナコに聞いたよ」

「あ、あの……」

「いや、別に怒《おこ》ってるわけじゃないって。ナナコが教えてくれたときも、ただ不思議でさ」

「不思議、ですか」

「ナナコが忍《しの》びこんでいたとかいう家ね、あそこはミチコさんの親類の家だよ。もちろん今はもう使ってないけど、ナナコを一度、つれていったことがあるんだ」

ナナコはまだ小さかったんで、覚えていなかったらしい。けれどそのときから、あの家を気にいっていたそうだ。もしかしたら人形とも出会っていたのかもしれない。

それから、お父さんの少し長い話が続いた。あの時間が止まったような地区は、業者が倒産《とうさん》して、開発が終わらないうちに放りだされてしまったものらしい。おかげで住宅ローンだけが残り、夜逃《よに》げみたいなことをした家も出た。お金が返せなくて、姿をくらませてしまうことだ。あの家に住んでいたというミチコさんの親類も、そんな一家のひとつだった。

「ミチコさんの家も、一緒《いっしょ》に借金をかぶったからね。結婚《けっこん》するころは大変だったな。もちろんそんな状態じゃ式もあげられなくて、うちのおばあちゃんも怒っちゃって、まあ……」

そしてお父さんは、にっこりと笑ってから、缶《かん》コーヒーの残りをぐっと飲んだ。

「もちろんぼくらは関係なかったけどさ。ミチコさんとナナコさえいれば、それでよかったし、未来もどんどんよくなる気がしたから。だからナナコにも、昔のことばかりじゃなく、できるだけ未来を見てほしいんだな……おっと、そんなのは大人の話か。いけない、いけない、さっきから話しすぎだ。ごめんよ」

「いえ、だいじょうぶです。どっちかっていうと、話を聞くほうが好きですから」

それでもお父さんは、ぼくをすっかり退屈《たいくつ》させたと思ったのか、急に受験勉強の調子はどうだいなんて話題を変えた。でも、ぼくの勉強の話のほうが退屈だったと思う。そのぶんお父さんがナナコの話をしてくれればよかったんだけど、最近ナナコとはあまり話をしていないみたいで、こっちも話は弾《はず》まなかった。寮《りょう》に入ることは、まだちゃんと相談されていないらしい。

「もう夏なのにねえ。時間は、するする逃《に》げてくからこまるなあ」

お父さんは頭をかいた。そして、ぽつんと窓の下を見た。そういえばミチコさんが四年前、事故を起こしたのも、この見晴らしがいい幹線道路だ。あのころは病院がまだできていなかったから、どのあたりかはよく知らないけれども、この道のどこかだった。

ぼくもだまって道路を見た。それから人形に目をやる。ミチコちゃんもやっぱり道路を見おろしているようだった。悲しいような、なつかしいような目をしていた。

ナナコは、病院に入っているコンビニの前にいた。

「約束破るなよ」

最近、ますます汚《よご》れてしまったミチコちゃん人形をナナコにつきつけた。

「お父さんが、しばらく俺《おれ》にあずかってくれないかだって。ナナコが勉強に集中できるようにだってさ」

「お父さんとしゃべってたの」

ナナコはそういって人形に手をのばした。ぼくはさっと手をひく。

「だめ。俺があずかったんだから。それにあやまってもらってないんだけど、ドタキャン。ドタキャンじゃなくてバックレか。とにかく、さがしたんだぞ。お父さんも心配してた」

「まっすぐ帰る？　このへん、ちょっと歩いてから帰りなよ。いっつもバスで通りすぎちゃうだけだから」

「おもしろいもの見つけた？」

「なにもない」

なにもないけど歩こう。ナナコはいった。そうだなとぼく。こういうときは子供でよかったと思ってしまう。大人みたいに歩く理由や目的地はいらないからだ。

太陽はしぶとく、表はまだ暑かった。病院を出たぼくらは、影《かげ》ふみでもするみたいに、日をよけて歩いた。どんぐりの木だらけのわが町は、影ふみに便利だ。幹線道路と高速道路が交差するところまで歩くと、ほとんど車しか通らないトンネルになっていた。あの空き家に続く「すいどう」とはだいぶちがう。壁《かべ》はスプレーの落書きだらけで、どれも英語だ。そこだけ見れば外国みたいだけれど、すぐ先にはコイン精米器があったりする、ザ・日本の風景だった。

「やまむらかずなり！」

車の音で聞こえないだろうから、ぼくは小学生みたいにさけんでみた。一成っていう本名が真新しく感じる。昔からずっと音読みのあだ名だったからだ。学校であだ名は禁止ルールだったのに、なぜかいっせーの名は滅亡《めつぼう》しなかった。

滅亡といえば、来年の夏のこと。

ぼくはあんなにノストラダムスを信じていたのに、ナナコとキスをするようになってから、だんだんと信じられなくなってきた。いや、まだ信じてはいるんだけれど、地球と滅亡するのがいやになってきたのだ。変な話だけれど、なにもない、なにも起きないこの町まで、ちょっともったいなく感じはじめている。ミニカッターやコイン精米器までまとめて、なんでもないものが大事になっていた。

なんでもないものがぜんぶ愛《いと》おしくて、さけんでしまいたいくらいだ。

「うぉおお！　やまむらかずなり！」

「なあに？　急に子供みたいなことして」

「どうせ誰《だれ》も聞いていないし。ほら、ミチコちゃんもよろこんでる」

ばかだと思ってるんだよとナナコはいう。そのくせ、ぼくのまねをして「やまむらかずなり！」と自分もさけんだ。

「なんでナナコまで人の名前をよぶか。自分の名前をいえ」

ぼくはナナコの口をふさぐ。それでもナナコは手のすきまから、「かずなりかずなり」となんども人の名前をさけんだ。そんなに俺《おれ》のことが好きなのかよとゆさぶったら、指を軽くかまれてしまった。だから、ぼくたちはこんなところでキスをした。どうして指をかまれたらそうなるのか説明はできないけど、おなじ目にあってみればわかる。

おでこを軽くあわせたあと、ふたりしてトンネルの壁《かべ》に背中をくっつけた。ひんやりとしているけれど、どうしてだか気持ちはよくない。あの、不気味なすいどうがなつかしかった。

「……最近学校こないな、ナナコ」

「うん」

「きたくないならいいけど、うちにくらいは顔見せにおいでよ。約束なしでもいいから。おばあちゃん、リハビリ病棟《びょうとう》とかにうつるから、まだ退院できないんだろ」

「うん」

「なんだ、子供みたいに、うん、うんって」

「なんか、その、あんまりふたりだけでいるとまずいかなあと思って。家の中とか」

ナナコがいいにくそうにしていたけど、前の続きだとすぐにわかった。キスのその先のことだ。だけどぼくだって、いつもそればかり考えているわけじゃない。それどころか、そうじゃないことのほうが多い。ここ何日かは、さびしさのことばかり考えていた。

「……でも、やっぱりいくよ。海の相談だってしないといけないもん」

「別に、ノルマじゃないけどさあ」

するとナナコは、だったら近いうちにミチコちゃんの服を買いにいこうよといった。自分たちの水着はあっても、ミチコちゃんのぶんがないままだ。

「だっていっせー、ヒロとケンカしたでしょ。おかげでお姉さんのとこ、とりにいけなくなったから」

「じゃあナナコだけいってきたら。なんだったらヒロと一緒《いっしょ》でもいいし」

「むりだよそんなの。私、人見知りだし」

それにヒロとふたりでいったら、あんたまた怒《おこ》るでしょなんて笑った。そしてすかさず、ぼくの胸をつく。背中がまた、冷たい壁《かべ》に当たった。

「怒るって誰《だれ》がだよー」

「服買ってから、デートつれてってね。人生初なんでよろしく」

ナナコはぼくから人形をうばいとると、トンネルのむこうへ走って逃《に》げてしまう。こら、幹線道路はあぶないんだぞと注意したけれど、ナナコのポニーテールに見とれてしまったぼくは、しばらく追いかけることができなかった。

夏でのびた日のせいで、ナナコが西日の中に溶《と》けていくみたいだった。とてもきれい。きれいだから、やっぱり地球は滅亡《めつぼう》しちゃいかんよな、なんてことを本気で思った。

11　未来をかえる方法

六月の終わりから地獄《じごく》スケジュールになる。県でおこなわれる一斉模試《いっせいもし》からスタートだ。試験は日曜日にやるんだけど、学校のテストじゃないんで振替休日《ふりかえきゅうじつ》はない。そいつが終われば、すぐに期末試験も待っていた。

けれど、こういうときに限って、勉強以外のことをしたくなってしまうのが人間というものだ。いつもはしない整理整頓《せいとん》や掃除《そうじ》をしたくなったり、長いマンガを一気読みしたくなったりする。ぼくの場合はたいてい、なんでもいいから本を読みたくなって、本屋や図書館をまとめてまわったりする。

駅の裏にある、ナナコがよくいくほうの本屋に入ったときのことだ。そこでは、ノストラダムス関係の本や世紀末を題材にしたコーナーが作られていた。ぼくがたまたま手にとったのは、雑な作りのムック本だった。ムックというのは雑誌と本のあいだみたいなもので、一冊まるごとひとつのテーマでできあがっている。それは、世界にたくさんあるあやしい予言の本を特集したもので、ぱらぱらとめくっていると、おもしろそうな記事が目にとまった。予言をした本人に、どうして見事なまでに予言をはずしてしまったのか、そのあと人生がどう変わったのかをインタビューしたものだった。うさんくささを楽しめばいい記事だったんだろうけど、その聞いたこともない予言者の話は、どこかぼくの心に残った。

彼《かれ》がいうには、自分の予言ははずれてよかったのだという。

というより、はずれるために予言を発表しつづけているそうだった。

富士山の大噴火《だいふんか》が起きなかったのは、私の予言を読んだみんなが、富士山が噴火して半分ふきとんでしまうなんていやだ、全国に火山灰が降りそそぐなんていやだと思ったからだという。強く願ったわけでなくても、たくさんの人が考えたことは、やがて現実のものになるらしい。人間の心の奥《おく》、潜在意識《せんざいいしき》には、それくらいのパワーが隠《かく》されているのだとか。

まじめに考えてみれば、これってとんでもないいいわけだ。だけどこのときのぼくには、なぜだか本当のことみたいに思えた。ノストラダムスの予言が現実になったらいやだと思う人がたくさんいれば、それがどれだけ正しくても、きっとはずすことができるにちがいない。地球が続けばいいと思う人が多ければ、予言の回避《かいひ》はできる。恋《こい》をしている人たちが多ければ多いほど、なおさらそうなるだろう。

テスト後、ナナコとうまれて初めてのデートをひかえたぼくは、これは自分も力を貸さなくてはと決心したのだった。


デートは週末だった。まあデートとはいっても、ミチコちゃんの水着を買うのが本当の目的だから、そんなにかまえることはない、それでもぼくたちは電車で四十分ほどはなれた街へ遊びにいった。

大きな駅をおりると、まっすぐにベビー用品の「あずまや」へむかった。

「そういえば、あの空き家さあ。あのへん、ぜんぶこわして風力発電建てるんだって」

ナナコは、小さなTシャツにかかれた、風車のデザインを見て思いだしたらしい。

「それとも、ソーラーシステムだったかな？　なんだか忘れちゃったけど、そんなことお父さんがいってた。お父さん、建築の仕事だから、たぶんまちがいないと思う」

「そうなの？」

「ミチコちゃん、私と一緒《いっしょ》で、家がなくなっちゃうね」

ナナコはTシャツ選びをちょっと休んで、ミチコちゃんに声をかけた。

「本当、暮らしてた家がなくなるのって、さびしいもんだよ。新しく住む場所ができても、なんだかたよりない」

「そういえばあそこ、ナナコの親戚《しんせき》の家だったたって、お父さんから聞いた」

「うん、私も聞いた。遊びにいったのは覚えてないけど、どうりでなつかしいと思ったな」

「どうでもいいものっていつまでも残ってるくせに、なつかしいものはなくなるよな」

でも本当は、なつかしいからなくなるんじゃなくて、なくなったからなつかしいのかもしれなかった。昔、小学校の前にあった駄菓子屋《だがしや》もそうだし、ザリガニしかつれなくて有名だったひょうたん池もそう。小学校だってそうだ。なくなってはいないけれど、卒業していなかったら、今ほどなつかしくなかったはず。たぶん、今ほど好きでもなかった。

そう考えたら、あの空き家だっていつかは消えたほうがいいのかもしれない。ぼくはそんなことを考えた。それから、やっぱり、ミチコちゃんのことも。なつかしくていいものになるためには、ミチコちゃんだって同じことなんじゃないだろうか。ナナコが来年、本気で寮《りょう》に入ってしまうなら、いつまでもそばに置いて世話をするわけにもいかないだろうし。

「あのさ」

話しかけたところで、店の人がぼくらをじろじろ見ているのに気がついた。さっきからずっと人形に服をあわせていたから、いいかげん変に思ったんだろう。ミチコちゃんは大きいし、おむつまでしているんで、どうしたって目だってしまう。

もうこれにしようよと、ぼくはオレンジ色の小さな水着を手にとった。ナナコはまだ他の服を見たがっていたんで、ぼくひとりでレジにならぶことにする。子供用の服は、けっこうな値段がした。生地《きじ》が少ないのにおかしなもんだ。

支払《しはら》いをすませてもどってくると、ナナコは赤いフェラーリみたいなベビーカーに、ミチコちゃんをのせていた。ところが近づいてよく見ると、ベビーカーが本当にフェラーリ製だったんでびっくりした。ほかにもＢＭＷとかマクラーレンとか、Ｆ１レースでもはじまりそうなメーカーのがならんでいる。

「見てこれ。おかしい」

ちょこんと座ったミチコちゃんは、ベビーカーの上で、とても小さく見えた。なんだか新人レーサーみたいで、ベビーカーをスタートさせてみたくなる。でも、タイヤをロックするレバーをさがしているうち、さっきぼくたちを見ていた店員さんがまたやってきてしまった。ベビーカーをおさがしですかなんて、大人に話すのとおなじ口調で聞いてくる。

「赤ちゃんは、どちら様の？」

「どちら様？」と、ぼく。

「私たちのです」とナナコ。ベビーカーから人形を抱《だ》きあげたあと、自分のお腹《なか》をさすってみせる。ふざけている意味がわかったぼくは、「思ってたより高いんで、またきます」と、急いでいいわけをしてその場をはなれた。ほかにもいろんな価格のベビーカーがありますよって店員さんに声をかけられたけれど、むししてエスカレーターに乗った。

手すりにつかまったナナコは、「走ったらあぶないよねー」と、誰《だれ》かにいいきかせるみたいに、また自分のお腹をさすった。ふたり目の赤ちゃんができたみたいで、ちょっとおかしかった。

じっとお腹を見つめていたら、ナナコはぼくの手をとって自分のお腹にあてさせた。ぴたりと手がはまる。まるで、ぼくの手の置き場は昔からここだったみたいだ。いつかそこに本物の赤ちゃんがほしいな、なんてことまで考えてしまう。

するとそのとき、ぞぞ、という音が聞こえた。車で長いトンネルに入ったときみたいに、耳が鳴ったのかと思ったけれど、なんだか少しちがう。

もう一度ナナコのお腹をさすったら、ぞぞ、という空耳のような音がまた聞こえた。音はどうやら、空からきているようだ。そしてぼくのほかには、誰も感づいていない。

これはもしや、と思った。もしかすると、地球のどこかでなにかが動いたんじゃないだろうか。

ノストラダムスの予言をそしするような力が働いたのかもしれない。地ひびきの反対で、空がひびいているのかも。

「……動いたみたい」

「そんなわけないでしょ」

お腹の話をしていると思ったのか、ナナコは楽しそうに笑った。


初めてのデートは楽しかった。ミチコちゃん人形を抱いているぼくたちのことを、あやしそうな顔で見る人はいたけれど、どうせ、誰も話しかけてはこない。ゲームセンターで遊んで、カラオケにいって、せっかくだからお城のあとがある公園までぶらついた。

でも、楽しいことのあとには、こんなこともあった。早めの夕飯を食べに、ファミレスへ入ったときだ。席があくまで待っていると、むかいにいたおばさんというか、おばあちゃんというか、それくらいの年齢《ねんれい》の人たちが、ぼくたちをじろじろ見はじめた。ふたりで人形の世話を焼いている姿が気になってしかたないようだ。ついに話しかけてきた。

「それ、人形でしょ？　どうしてそんなものだっこしてるの？　どこか悪いの？」

別にどこも悪くないですと答えたけれど、それからもずっと観察された。しかも、やっと通してもらえた席まで、おばさんたちのとなりだった。おかげで、食べているあいだも見られっぱなしになる。見るのにいそがしいみたいで、おばさんふたりのご飯は、ちっとも進まなかった。会話もむちゃくちゃだ。ひとりが「市の汚職《おしょく》事件があったでしょう」っていったとき、もう片方は「お食事券て、どこの店の？」なんて答えるくらいだった。それを聞いたぼくたちは、さすがにふきだしてしまった。

でも少しすると、だんだん、おばさんたちがかわいそうになってきた。だってこのふたりは、おたがいが、おたがいに、きょうみがない。せっかく一緒《いっしょ》にいるのに、ただ自分の話を聞いてほしいだけなんて、かわいそうすぎる。私、私、私。アイ、マイ、ミー。でも、愛はひとつもない。

そんな大人になりたくないなと思いながら、テーブルの下でそっとナナコに手をのばした。ぼくは自分のことを話すより、もっともっとナナコのことを知りたい。ナナコがテーブルの下の手に気がついて、にぎりかえしてきた。

するとまた空が、ぞぞ、と鳴った。それは確かに、なにかが変化していく音だった。

店を出たあとも、ぼくたちは手をつないでいた。帰りの電車で人形のことをじろじろ見られていたけど、手ははなさなかった。

「ばかじゃね？」

ボックス席のななめむこうでそういったのは、わりときれいな高校生のお姉さんたちだった。最初のうちは聞こえないよう話していたけど、最後のほうでは、もう聞かれてもかまわないって感じで、「きもくね？」と笑っていた。別にかまうもんかとぼくは思った。ただ、お姉さんたちの着ていたブレザーが、ぼくの志望校の制服だったんで、そのことだけが、心のどこかにささったただけだ。そして、少しうんざりする。でも、なににうんざりしたのか、よくわからない。さっき見たおばさんたちとセットで、大人になることにうんざりしたのか。ちょっとだけ、未来が汚《よご》れた気がしたのか。

またノストラダムスのことを考えた。いや、こんな気分じゃいけないな、なんて軽く反省した。

電車をおりても、ぼくはナナコの手をはなさなかった。バスがくるまで時間があったから、そのままコンビニに入る。手をつないでいるのを誰《だれ》かに見られても、人形を笑われても、もうそれでいいやと思った。

それでもナナコのトイレまで、手をつないでついていくわけにはいかない。中で、ミチコちゃんのおむつもかえたいそうだった。

ひとりになったぼくは、雑誌をながめた。大洗海岸の情報がのっている雑誌があった。どんなところだろうとぱらぱらめくっていると、モノクロ印刷のページに、ちょっとホラーな記事を見つけた。海岸からはなれて奥《おく》に入ったところに、人形の供養《くよう》をしてくれるというめずらしい神社があるそうだった。

そのうち家がなくなったとしても、ここなら一生、さびしい思いをしなくてすむんじゃないかな。そんなことを考えていると、人形を抱《だ》いたナナコが急にトイレから出てきた。なんとなく、今すぐ顔をあわせたくなかったぼくは、さりげなく棚《たな》のうしろにまわった。海に持っていくかどうか決められずにいた花火を見るふりをする。夏のコーナーだった。となりには、虫よけのスプレーや殺虫剤《さっちゅうざい》もある。

なぜか、そのとなりにはセックスのときに使うものが売られていた。中三にもなれば、それがどういうものかはわかっている。ぼくはそいつに手をのばした。すると、いつのまにかナナコがすぐそばにいた。

花火は思ったより高いよとごまかした。実際、安くはない。

うまく隠《かく》したようでも、やっぱりむりだった。バスからおりてナナコの家まで送ってやる途中《とちゅう》、

「さっき、花火コーナーでなに見てたの」とはっきり聞かれてしまった。

手をつないだままだと、どうにもごまかしにくい。まごついていたら、昔、学校で先輩《せんぱい》が持ってきていたから私もあれ知ってるよと笑われた。

「いっせー、買うのかと思っちゃった」

「買ったことないけど、中学生って買っていいの？　お酒とかタバコみたいに、年齢《ねんれい》確認いるんだっけ」

「そういえば、そうだね。知らないよね、そんなこと。誰《だれ》も教えてくれないし、どうしてだかこっちも聞かないし」

なんだか胸がどきどきしてきた。話が変なほうへむいていきそうだ。夜道が、ますます変な気分にさせた。これが秋なら、ぼくの町はどんぐりだらけになるんで、そういう気持ちはすぐになくなっただろう。歩道はどこもごりごり、ごりごりとうるさくて、ついそっちに気がとられてしまう。でも今は、夏だ。心に閉じこめられていた気持ちは、遠くの雲みたいに、もくもくつみあがってくる。

「……そういえば私、期末の保健の試験がちょっと不安だなー。保健体育の保健だけ成績いいと、エロスだなんていってくる子いるから。私なんて保健室でテスト返してもらってるのに、どうしてだかばれるんだよね」

「あ、いるいる、そういうやつ。だいたい自分がエロスなのにな。ヒロとか、そういうタイプだろ」

ぼくはそういって笑った。笑ってから、今、ヒロとケンカ中だってことを思いだして、急に大人しくなってしまった。でも、そのおかげで変な話も一時中断した。

ナナコの家の前で、つないだ手をやっとはなす。

玄関《げんかん》前についたおばあちゃんの血が、まだ掃除《そうじ》されていなかった。

「いそがしくて、そのままになってた。だめだね。明日はやるよ」

「じゃあ、また明日な。そろそろ学校こいよ。保健体育もあるし」

「本当に満点だったらどうしようか」

ナナコが笑った。

「……あと何時間あるっけ、学校はじまるまで。今日一日いたせいか、なんかさびしいな」

ぼくはいう。するとナナコは、人差し指と中指をくっつけ、そこに自分の口をつけた。それから指の背中を、ぼくの口に押《お》しつける。

「家の前だから、これでさよならね」

「こういうのって間接キスになるのか。手が……」

「私の手がなに」

「しょっぱかった」

ふざけていっただけなのに、ナナコはさっさと門をくぐってしまった。でも、門のむこうで、また笑っている声がする。

やがて、玄関の電気が消されてしまう。ぼくはまだ、これでよかったような、悪かったような、あいまいな気持ちのままで自分の家にひきかえした。でも、いい気分だ。ナナコのことを思うとき、こんなふうにむずがゆくなるのが好きだ。

月が出ていて、ぼんやりとしたぼくの影《かげ》ができていた。それが田んぼにかかったわけでもないのに、カエルの合唱が、ぴたりと止まった。

なんだろうと思ったら、空がまたぞぞぞと鳴っていた。

12　彼氏《かれし》なんだもの

保健体育は想像以上に悪い成績だった。解答らんがひとつずつずれていたせいだ。おばあちゃんのときもそうだったけど、ぼくは、あわてるとまるでだめになる。

バツだらけのテストをながめながら、やっぱりキスのその先にだって準備が必要なんだとぼくは考えなおした。準備をしたからって必ずしもはじまるわけじゃない。しないのにはじまるから問題になる。

もちろんこの準備の中では、赤ちゃんができないようにするための買いものが最大の難関だろう。ノストラダムスの予言を阻止《そし》する力は弱まってしまうかもしれないけれど、これだって大事なことだ。ただ、難関でも解決は簡単だった。なんでもない顔をして、チョコと一緒《いっしょ》にコンドームをコンビニのレジに出してしまえばいい（パッケージがけっこう似ている）。となりの町には、自動販売機《じどうはんばいき》で売られているものまであるそうだ。

そんなことより、そのときがきたとき、ミチコちゃんをどうするかのほうが問題だった。キスの先のことがぼくたちに起こったとき、そこにミチコちゃんがいていいのか。ずっと見られていて、初めての経験がおかしな思い出になったりしないか。だからといって脇《わき》によけて隠《かく》しておこうとしたら、ナナコはきっと嫌《いや》だというだろう。なんとなく、そんな気がする。人形に見られて恥《は》ずかしいことなんだったら、したくない、とかなんとか。悪いことをしてるんじゃないはずでしょう、とかも。

それは、まあ、そうなんだけど。

こうして、あれこれと考えぬいた結果、最初からミチコちゃん人形を海につれていかないのが一番だという答えが出た。なんとなく、ふたりだけで海にいったあとは、ついにキスの先までいってしまうような予感があったからだ。ぼくらはおたがいの日焼けを確かめるようにして、おたがいどれぐらい好きなのかも確かめるにちがいない。そしてたぶん、始まってしまう。だから、海水の塩分で人形が傷むだとか、日焼けするだとかうまくごまかして、人形を置いていくしかない。

でも結局、この作戦はあまりうまくいかなかった。プリントを部室へ届けにいったとき、なにげない感じでナナコに話したら思いきり反対されてしまったのだ。水着まで買ったばかりなのに、どうして急にそんなことというの、ミチコちゃんのことがじゃまになったの、ほかに誰《だれ》か好きな人でもできたのと、わけのわからない怒《おこ》られかたをしてしまった。

もっともこの日、ナナコの機嫌《きげん》は最初から悪かったみたいだ。海水浴につれていくかいかないかということで、笹岡あずみともめたあとだったらしい。もちろんナナコはまったく知らない話だから、そんなことをいわれてもという感じになったんだろう。しかもナナコは、自分が女子なくせに、女子が苦手だったりもするから難しい。そこが誤解を受けやすいところでもあるのだけれど、男子にこびているんじゃなくて、ナナコは単純に女子が恐《こわ》いのだ。

とにかくそういうわけで、部室のナナコの機嫌は悪かった。ただ、理由があったところで、他人に当たっていいってものじゃない。しかもこのとき、ナナコの機嫌が悪い理由を知らなかったぼくは、なおさらいやな気分になった。たぬきち先生が、学期最後のミーティングにあらわれるまで、またナナコと口をきかなくなっていたくらいだ。結婚《けっこん》もしていないのに、スピード離婚《りこん》してしまいそうだった。

「なんだきみたちまでぶすっとして。今日はみんな仲悪いなあ。テスト返しの日だからか」

「きみたちまでって、ほかに誰か？」とぼく。

「朝倉ヒロ氏。剣道部《けんどうぶ》の子となにかあったみたいで、顧問《こもん》の高橋先生に怒られてるぞ。おかげで、ぼくまで先生ににらまれたよ」

たぬきち先生は、高橋先生が苦手だった。おたがい職員室ぎらいの先生同士なのに、それだけでうまくいくわけでもないらしい。そこで、大人の世界もいろいろ大変だよなあとナナコにいおうとしたら、ぷいっとそっぽをむかれてしまった。

最後のミーティングに出られなかったヒロのため、ぼくは会議室へいくことになった。新しく調整した、最終版の台割りを届けてやれとたのまれたのだ。

「きみがいったほうが、高橋先生も早く解放してくれるかもしれない。仲がいいしな」

でも、ぼくと高橋先生は別に仲がいいのではなく、ものすごく遠い親戚《しんせき》だから話すときがあるだけだ。親戚であることは、いなかの学校なんでめずらしいことでもない。先生だけじゃなく、生徒の中にだっている。

それで最初は、まんまと面倒《めんどう》な用事を押《お》しつけられたと思ったんだけど、考えてみると、わざとそうしてくれたんじゃないかとも考えなおした。もしかするとたぬきち先生は、ぼくとヒロがケンカ状態になっていることを知っていたのかもしれない。先生は案外と生徒の細かいことまで見ている。

ナナコが先に帰ってしまったんで、ひとりで会議室へむかった。ドアに手をやると、ちょうど中からヒロが出てきた。どきりとする。それでも勇気を出して、最後の台割りを渡《わた》してやった。ちょっとぶっきらぼうだった。でも、ぼくだけでなくヒロも、いつもよりぶっきらぼうだった。

「中で反省文を書かされてた。これ職員室に提出したら、帰る」

「そっか。じゃあ途中《とちゅう》まで一緒《いっしょ》に。どうせ玄関《げんかん》そっちだし」

ならんで歩くと、また窓の下から、二年生がサッカーボールをぶつけあう音が聞こえてくる。

最後にぶつかったやつがかたづけることなんて、前とおなじことをさけんでいた。

「あいつら、いつになったらボール、自然にかたづけるようになるんだろうな」

ぼくはいってみた。「油断してたら、あっというまに二年なんか終わるのにさ」

「あいつらからすると、俺《おれ》らってもっと大人だったよな、去年の今ごろ」

もちろん、それが本当かどうかは問題じゃない。もしかしたら去年のぼくたちはもっとひどかったかもしれないけれど、ヒロもがんばって話してくれたことが大事だった。おかげで、ろうかの角をふたつ曲がるころには、ふたりはもう自然と話せるようになったのだから。

「……笹岡がナナコにもんくをいいにいったみたいなんだよな、海のことで」

「つれていけないって、ヒロが話したせい？」

「ああ。それは俺の説明も悪かったんだけどさ、なかなかわかってくれなくて。それであいつ、つい暴走しちゃってよー。俺もいっしょうけんめいとめたけどむりで、こっちもついキレた」

「キレたってお前、女子になにしたのさ」

どうやら、竹刀《しない》につけるドーナツ型のつばを窓からフリスビーみたいに投げすててしまったらしい。そこを、よりにもよって剣道部顧問《けんどうぶこもん》の高橋先生に見つかったのだ。

「たまたま笹岡、新しいのにかえようって、手に持ってたんだよな。かわいいやつ買ったって」

「剣道の道具にも、かわいいのとかあるんだ」

「こだわる女子はこだわるよ。笹岡のは、トンボの絵がついてた」

トンボには悪いことしたななんていうヒロの背は、ちょっぴり縮んだように見えた。それでぼくは、笹岡あずみってどっちかといえば、ヒロとお似合いなんじゃないかって思うときがあると、ついいってしまった。いつもならそういうことはだまっておくはずなのに、今日は特別だった。話しかけたときの勇気が、少しあまっていたのかもしれない。

「ヒロが海につれてってやればいいのに。もと剣道部だから、部活動ぬきで」

「……あのさ、それなんだけど、俺もよく考えたんだわ、いっせーとナナコのこと」

「うん？」

「落ちついてみたら、小学校のことでなにを今さらって感じだよな、俺《おれ》。そもそも、お前らがつきあったっておどろくことなかった。なんで俺だけ気づかなかったんだろ？　本当お前らだったら自然だった。実際、誰《だれ》もうわさしてくれないくらい、地味カップルで似合ってる」

「それって、ほめてる？」

ぼくは笑いながら階段の前で止まった。それから、残りの勇気をぜんぶ使うことにした。

「なあ、ところでヒロさ。夏休み、やっぱり一緒《いっしょ》に海いかない？　こっちは部活動のほうでだけど」

「もうその話はいいよ。だいたい俺、お前らのじゃましたくねーし。金もやったろ。あれでリッチに遊んでこい、二人っきりで」

「そうだけど、やっぱり一緒にいこうぜ。それに二人っきりの海なら、俺たちまた来年もあるから。ていうか、来年になったら俺もナナコも高校生で、もうヒロはじゃまになるだろ？　せめて今年くらいついてきたら」

「はあ？」

なんかそういわれると、ますますいく気をなくした、とヒロ。でも、ちょっとだけ気持ちがかたむいているのは、長いつきあいだからわかる。

「なんだ、お前。もう彼氏《かれし》気取りか」

「だって彼氏だもの」

「ふん。どうせ来年の夏までだろ。地球、滅亡《めつぼう》するんじゃなかったのかよ」

するとヒロは、ケンカする前とおなじように、ぼくの肩《かた》にうでをまわしてきた。階段をおりているときに、でかい男がそういうことをしたらあぶないのに気づいていない。それはなぜかというと、中学に入って急に大きくなったタイプだからだ。でも、そのことがぼくにはうれしくて、やめろといいながらヒロの体重を受けとめてやった。それにぼくも、わかっていなかった。ぼくが変わっていたことを、ぼくだって気づいていなかった。いくらヒロでも、急にぼくとナナコがつきあったら、やっぱりさびしいものな。前だったら先に相談してたよな。

だけど、ごめんはいわない。かわりに、ヒロをおどかすため最後の段を飛びおりてやった。変わらないところは、変わらないんだぜっていう意味だ。ただし、ヒロの重みはさすがにきつかった。なんとかたえたついでに、「やっぱり地球は滅《ほろ》びねーよ」といってみる。なにかの主人公みたいにかっこうをつけたら、ちょっとおならが出た。だめだ。

13　海に置いていくもの

そして海にいく日！……とさけびたいところだけど、忘れちゃいけないのは、ぼくらの県には海がないということだ。現実の海まではまだ距離《きょり》があった。

特に注意が必要なのは、電車の中だった。朝から海用のバッグとキャップをかぶっていると、電車では場ちがいな感じになる。この日の朝は、ぼくらとおなじくらいの学生が、イスに座って参考書のテキストを開いていた。病院にいくようなおじいさんもいた。この中にいると海っぽい人は浮《う》いてしまう。最初は、できるだけ目だたないようにしておくのが吉《きち》だ。せっかく持ってきたからと、こんなところから使いすてカメラなんかいじっちゃいけない。

それでも、電車が大きな街へ近づいてくると、だんだんとぼくたちもなじんでくる。気配を消すのがうまくなってくるし、乗客も増えてくるからだ。朝から酔《よ》っ払《ぱら》ったおじさんが乗ってきても、この日はゆるせた。こういう大人だって、いるだけで景色はカラフルになる。使わないのにあるとうれしい、白のクレヨンみたいなものだ。せっかくの海水浴は、それくらいの広い心でいれば中吉《ちゅうきち》。

最後の電車乗りかえをすると、急に海っぽさが強まった。海岸線からまだはなれているのだけれど、働いている人も学校にいく人も海っぽい。ぼくたちも存在を消す必要はなくなった。のびのびと心のしわをのばせた。うれしくて大吉《だいきち》。

ところが、いざ大洗駅をおりてみても、あたりに磯《いそ》の香《かお》りはほとんどしなかった。少しだけ、風の湿度《しつど》がちがうくらいだ。

「想像してたほどウミウミしてないのな、駅は」

ヒロがいったのは、「海々《うみうみ》」ってことなんだろう。それでも、なんとなく海の方角がわかるのは不思議だった。駅前の地図を見なくても、自然と海のほうへ顔がむいてしまう。ほとんど海にきたことがないのに自動でそうなるんだから、これはどんな人間にもそなわっている力なのかもしれない。

雑誌にあったとおりのバスで、ぼくたちは海岸にむかった。

そしてようやく海。

けれどぼくたちは、広い海より先に、浜辺《はまべ》の大きさに圧倒《あっとう》されてしまった。それでもここは第二海岸ということだ。遠くに見えるマリンタワーの先には、磯遊《いそあそ》びができる第一海岸がさらにのびているらしい。海岸のサイズとおなじで駐車場《ちゅうしゃじょう》も大きかった。車がひっきりなしにやってくる。みんな駐車スペースをさがして、ゆっくりとあちこちまわっている。サメがエサをねらって、海岸を遊泳しているようだった。

駐車場のサメエリアをぬけると、今度は海の家の人たちが襲《おそ》ってくる。ここがぼくたち、特にぼくとナナコにはきつかった。普段《ふだん》から、お店の人から声をかけられるのが苦手だ。けれどここでは、あまりぐずぐずしていられない。人がどんどんやってくるし、太陽はかけ足で西へと滑《すべ》っていく。まさに青春みたいだ。のんびりしているとおじさんになってしまうんだぜ。そんなふうにせかされているみたい。

そこで、ナナコが選ぶ海の家へさっさと入ることにした。ナナコというか、結局はつれてくることになったミチコちゃんが気にいった家だった。ナナコが口元に耳をくっつけて、ミチコちゃんの意見を聞いたのだ。

「あそこがいいって。ほら、あの家」

ナナコは、ミチコちゃんのうでを使って、少し先の海の家をさした。でも特に他と変わった点はない。ベニヤ板で作ったような建物で、床《ゆか》にはござがしいてあって、安っぽいテーブルとざぶとんがならんでいる。ミチコちゃんが選んだ家になにか特徴《とくちょう》があるとすれば、古そうな扇風機《せんぷうき》が、がんばってまわっているくらいのことだった。

けれど、決め手になったのはそこじゃないようだ。というのも、サビだらけの看板に、「たぬき食堂」と書かれていたからだ。

「たぬきって名前の人がやってるんなら、だいたいは、いい人だと思うよ」

「だいじょうぶかあ、あそこ。ぼろいけど」ヒロはいう。

「でもはずれだったらはずれで、小説とかに書けるからいいじゃない。ねえ、いっせー、いいでしょ？　ミチコちゃん、ここにぴんときたんだよ」

「じゃあ、これもなにかの縁《えん》ってわけで」

「やっぱりお前らって、そういうところ似てるよな。失敗したら失敗したでネタになるって、そんな考えで生きてるんだからなあ。俺《おれ》とか、ついていけねえ」

やっぱりお前たちでつきあってるのが一番安全な気がしてきた、なんてヒロがぼやいているうち、さっそく係の人に案内されて中に通された。海が見える二階の席だった。ぼろっちいテーブルの下に、着がえ用で使うようなカゴが四つつっこまれている。このテーブルを占領《せんりょう》して、自由に使っていいというシステムらしい。貴重品だけコイン式ロッカーにしまえば、あとはかなりてきとうなものだった。

実際、ここにいる人も、かなりてきとうに見えた。よくいえばリラックスしている。朝からさっそく寝《ね》てる人もいたし、この夏のヒットソングをずっと唄《うた》ってる女の人もいた。ただし客とちがって、店で働く人たちはがんばっていた。本当に先生みたく田貫《たぬき》さんがやってるかどうかはなぞだったけれど、中で働いていた四人とも、ころころとした人ばかりで、顔も似ていて、どことなくたぬきの家族っぽい。みんな汗《あせ》でびっしょりなのに、家族みんな、夏がうれしくてたまらないという感じ。それを見ていると、たぬき食堂は当たりだとぼくは思った。

水着に着がえて砂浜《すなはま》に出た。

これは海です——。日本語の勉強みたいな言葉が口から出そうになった。だって、洋服を着て見たいつかの海と、水着で見る今の海はまるでちがったからだ。これは海ですか？　いいえ、海ではありません。疑問文や否定文まで作ってみたくなるくらい、海は新鮮《しんせん》だった。

はいていたサンダルを、三人、ひとかたまりにして砂浜に置いていく。ぼくたちは海の家を借りたんで、持ってきたビニールシートは必要なかった。パラソルも借りなくていい。サンダルの砂をさっと洗って、海の家へあがるだけだ。

「海のにおいって、のり巻きの、のりのにおいに似てないか」

腰《こし》に手をあて、海をながめていたヒロはいった。かっこうをつけたポーズをとっていたけれど、似合っていない。それに、のりと海は逆だと思った。だから、似てるのはのりのほうじゃないのといったら、そうともいうなあと、またかっこうをつけていた。

人形を抱《だ》いたナナコがぼくの手をにぎった。町で手をつなぐと、どきりとしてしまうけど、海だとそんな感じがしないから不思議だ。ついでに、スクール水着じゃないナナコの姿も、ここでは当たり前の感じがした。当たり前のまま、波うちぎわまでひっぱられていった。

波が砕《くだ》けて、水が足をかこんだ。砂にめりこみそうになった。きゃあとナナコがいう。次にきた波は重たかった。プールの波よりはるかに重たい。これが海か。乗ったことのない満員電車につっこむみたいにして、身体《からだ》を水にねじこんでみたら、押《お》しかえされた。

海はしょっぱいです――。ただそれだけのことをナナコに伝えた。でも、ただそれだけのことを伝える人がいてよかった。それだけで、ノストラダムス予言がまた遠のいていくように感じた。空にあがった太陽を見る。太陽はまっしろだ。空も白。なんとなく今日は、使いすてカメラを使うのがまちがいみたいな気がしてきた。

心に残るぶんだけ覚えておけばいいじゃないですか。心に残らないような風景なら、それはもう青春じゃないんですよ。ぼくは心の中で、インタビューみたいに答えてみた。

写真のかわりに、一生忘れそうにないものを見つけた。ぼくとナナコがふたりで浜辺《はまべ》を歩いていたときだ。ヒロはトイレにいっていた。

海岸のはしっこ、防波堤《ぼうはてい》のあるあたりで兄妹が遊んでいた。妹は泣いている。たぶん小学校に入る前の子だろう。でもお兄ちゃんらしい男の子は、妹をほったらかしにしていた。日に焼けた背中をむけたまま、浜辺でなにか夢中になっているようだ。

ケンカでもしたのかなと思ってのぞいてみたら、透明《とうめい》なおわんみたいなものに、細い枝を何本もつきさしていた。

たぶん、打ちあげられたクラゲだとナナコはいった。

「クラゲってこんな形?」とぼく。それまで、水そうで泳いでいるやつしか見たことがなかった。

「脚《あし》がないんだけど」

「とれちゃったんじゃない?」

「とれても泳げるの?」

「知らないけど、クラゲの心配よりこっちだよ」

ずっと泣いている女の子にナナコは声をかけた。ミチコちゃんも一緒《いっしょ》だった。それで女の子がリラックスするかと思ったらしい。でも逆効果で、ぎょっとした女の子の目はクラゲのおわんみたいな形になってしまった。泣き声だけは止まったけれども。

「かわいそうだって泣くんだこいつ」

お兄ちゃんみたいな子は、そういってまた枝をクラゲにさした。あまりにたくさんやるもんだから、図工の時間にウニでも作っているようだ。

「クラゲってあぶない。お母さんさされたんだぜ。泳いでいるときじゃなくて、死んでるのをふんだだけで、さされた」

だからこうして、死んだクラゲをとげだらけにしていたそうだ。あぶなそうに見えれば人はふまない。これは、男の子なりの優しさなのだ。

「痛いっていってるよー」と、妹がまた泣きだす。

「クラゲは痛くない。死んでる」

そこで兄妹がいい争いをはじめた。どうにかしようとしたナナコは、ところでお母さんはどこにいるのとお兄ちゃんにきいた。

「クラゲの手当にでもいった？」

「いや、お母さんはいない」

男の子はめんどうくさそうに答えた。今日はお父さんと二人できたそうだけれど、そっちはビールを飲んで寝《ね》ているそうだ。さてそうなると、お母さんがいないっていうのは、今日だけきていないってことなのか。それともクラゲをふんだっていうのは昔の話で、今はもういないってことなのか。ナナコのところみたいに死んだり、離婚《りこん》したりして……。

ぼくはそんなことを考えたけど、なんとなくこの子たちに聞くのは悪い気がして、なにもいわずにいた。するとナナコが、「だいじょうぶ、痛くないんだよ」と妹に優しい声をかけた。でも、あいかわらずミチコちゃんを使うものだから、腹話術でだましているようにも見えた。

「これはクラゲに似てるけど、ちがう仲間だからだいじょうぶ」

「そうなの？」

「そう」

ぼくはにやにやしながら、ナナコを見ていた。なにをいうのやら。

「しかもこれは本体じゃない。これはビッグ・ウォッシュのいらないところ。古い頭じゃないかな、これ」

「えっ、頭？」

男の子の手が止まった。ぼくはにやにやしたまま、ナナコの話の続きを聞いていた。

「そうだよ、古くなった頭。大人になったら、こんなふうに脳みそごと切りはなして捨てるから、あいつらは。いらない思い出を置いていくの」

「へえ」

妹が感心したように、ビッグ・ウォッシュを見つめた。そんな彼女《かのじょ》に、ナナコが声をかけた。お姉さんというより、優しいお母さんのようで、ぼくまでちょっと感心してしまった。

「でもこの子、なにを忘れることにしたんだろうねえ？　お姉ちゃんと想像してみようか。子供のとき、恐《こわ》かったものとかかな。なんだと思う？」

「お母さんのことかもよ」

お兄ちゃんのほうが、ぽつりとつぶやく。おかしなことをいうので、ぼくたちはびっくりしてしまった。女の子がまた泣きだした。しかもなぜだか今度は「うんちー」と泣いている。お母さん役になってしまったナナコはあわてて、トイレにいきたくなっちゃったのかと聞いた。

女の子はうなずいたけれど、お兄ちゃんはふりむかない。なにかに怒《おこ》っているみたいだった。

「じゃあ、お姉ちゃんがつれていってあげよう。いいね、お兄ちゃん。誰《だれ》かに聞かれても、私が誘拐《ゆうかい》したとかいわないでよ」

男の子は、わかったとつぶやいて、またクラゲに小枝をさしはじめた。トイレにいくあいだミチコちゃんをあずかろうとしたのだけれど、今度は女の子のほうがいやだというんで、女子たち（？）はみんなまとめていってしまった。

「男子だけ残っちゃった」

本当は、ところできみのお母さんはどうしたのと聞きたかったのだけれど、やっぱり聞いてはいけないことのような気がして、別の話題をさがした。

「……女子って意外と、つれしょんするよな。すぐトイレ一緒《いっしょ》にいくけど、なんでだろ。ならんでするわけでもないのに。なあ？」

男の子は、うんといって笑った。笑うと、鼻水がぷっと出た。ずっと泣くのをがまんしていたのかもしれない。でもそれは男子だけの秘密だ。ぼくは、その子がふくらました鼻水の色を、一生、心にとどめておくことができるだろうと思った。写真がないほうが、かえって覚えていられる。ビッグ・ウォッシュの透明《とうめい》さだとか、トイレにむかって歩いていくナナコの姿なんかもそうだ。水着の青が、どうしてなのかせつなく見えた気分なんかも、まとめて覚えておこう。

青春とは、カメラにうつらぬ青と見つけたり——。なんて、『武士道』ふうにいってみたくなる。

ナナコ遅《おそ》いなあとヒロがいう。安いサングラスをついにはずした。

「知らない子をトイレにつれにいったりするから。親に見つかって、面倒《めんどう》なことになってんじゃね？」

ヒロがそういうんで、ぼくたちはそれぞれさがしにいくことに決めた。浜辺《はまべ》はヒロにまかせ、ぼくは海に入って調べる。なぜかというと、海水浴客たちはみんな海を見ているからで、海からのほうが人の顔を見わけやすいと思ったからだ。でも、やってみると大してうまくいかなかった。せいぜいわかったのは、浜辺でスイカ割りをしている人はやっぱりいないということくらいだ。ついでにメロン割りも。

結局、ビーチをどこまでいってもナナコと女の子は見当たらなかったんで、浜辺のはしっこから丘《おか》にあがった。すると、砂がとんでもなく熱い。足の裏は学校のプールサイドできたえられたつもりだったけど、本物の砂はそんな甘《あま》いものじゃなく、たぬき食堂まで全速力で逃《に》げかえるはめになった。

入り口には、砂を洗うプラスチックのたらいが置かれている。赤くなった足をつっこんだら、感謝の声がもれた。うああ。温泉につかったおじさんみたいだ。

「そうだ、お兄ちゃんのお友だちいたろ。ガールフレンドじゃないの」

すぐそばのカウンターで、焼きそばを焼いていたたぬきのお兄さんに、声をかけられた。

「彼女《かのじょ》、なんかなくし物したって、あちこちさがしてまわってたよ」

そうだったのか。お礼をいってから、二階へサンダルをとりにもどる。すでにヒロももどっていて、わけを話すとまたサングラスをかけた。トイレとは反対の方角になるけど、今度はマリンタワーのあたりまで調べようという。


結局、ナナコが見つかったのは、昼をだいぶすぎたころだった。とげだらけのビッグ・ウォッシュのそばをうろうろ歩いていたのだ。でも、あの兄妹の姿はもうなかった。

「トイレで手を洗っていたときね、ほんの一瞬《いっしゅん》、ミチコちゃんを鏡の前に置いたの」

置いて、かがんで、女の子の水着を直してやった。そうしたらもう、ミチコちゃんがいなくなっていたそうだ。それで、浜辺《はまべ》の監視員《かんしいん》にも落とし物として届けたらしい。けれど、いくら待ってもミチコちゃんは出てこなかった。監視員の人も、人間の迷子をさがすのでいそがしかったんだろう。

そこで今度は、三人で浜辺をさがすことにした。ぼくとしては、ミチコちゃんをじゃまあつかいして、置いてこようとしたという負い目もある。ナナコはその反対に、つれてきてしまった負い目があったにちがいない。ぼくたちは自分の子供が誘拐《ゆうかい》でもされたみたいに、せっぱつまった感じになった。ヒロも、そんなふたりに影響《えいきょう》され、けんめいになってさがした。

ところが、いくら歩いてもミチコちゃんは見つからなかった。ついには、夕方に近い時間になってしまう。そろそろ町へ帰るときだったし、太陽の下でずっと歩きつづけたせいか、頭も少し痛くなっていた。焼けた肌《はだ》も痛い。最後はナナコが、もうよそうといった。

シャワーのあとで荷物をまとめていると、たぬきのひとりから、「またきてね」といわれた。

「夏はずっとやってるから。はいこれ、割引券」

こういうとき、優しくされるとかえってテンションが下がるときがある。だけどヒロは、きりかえが早かった。剣道部《けんどうぶ》できたえられているのだろう、きっと。

「そうだな、じゃあ人形さがしもかねて、すぐまたこようぜ。今日、大して金も使えなかったしさあ。手がかり、きっと残ってるよ」

そういわれると、ちょっと元気が出た。そうだ、夏はもうしばらくここにいる。今度はもっと節約して、またくればいい。あれだけ大きな人形なら、誰《だれ》かがとっておいてくれているかもしれないし。ナナコも、少しだけ明るい表情になった。

というわけで、すぐまたもどってくるつもりになっていたのだけれど、海の砂だけはひとまず持ちかえっておこうと、浜辺《はまべ》のすみっこでナイロン袋《ぶくろ》を出した。それでも、勝手に持ちかえるのはあまりいいことではなさそうだったんで、駐車場《ちゅうしゃじょう》の境目あたりの砂をさっとつめるだけにした。ついでに、先にひろっておいた穴のあいた貝がらも入れる。写真よりもずっといい、青春の記念ができた。

「ビッグ・ウォッシュも持ってくればよかったか」

ぼくはいった。そんなのくさるだろうから、二度と開けられなくなるよとナナコ。するとひとりだけ意味のわからないヒロが、なんの話をしているのか教えろと、またぼくの肩《かた》にのしかかってきた。

でも、元気はそこまでだった。駐車場から海岸通りへ出るところで、ぼくたちは見つけてしまったからだ。歩道のわき、ツツジの植えこみのあたりにそれはあった。銀色の大きなビニール袋から、白い髪《かみ》がのぞいていた。駐車場を出入りする車と、海岸通りをすっ飛ばす車が、なんどかひいたんだろう、袋はぺたんこだ。

ぼくはナナコを止めた。ヒロが、俺《おれ》が袋を見てくるから、お前たちはここで待っていろといった。でも、やっぱりだめだった。ナナコが手をのばす。

袋の中は紙皿や大きなペットボトルや空き缶《かん》がつまっていた。食べかけのフラッペも入っていたから、びしょびしょだ。そんなゴミと一緒《いっしょ》に入っていたミチコちゃんも、すっかり汚《よご》れていた。なにより、袋と一緒にぺったんこだ。身体《からだ》もあちこち割れている。

「水着だけ、持っていったのかな」

裸《はだか》のミチコちゃんを取りだして、ナナコがいった。ぼくとヒロは汚《きたな》い袋に手をつっこんでなんどもさがしたけれど、やっぱり水着は見つからなかった。これじゃいくら夏だって寒いよねと、ナナコはいった。それから、寒かったよねと、またいった。

その声が、ぼくの頭の中でかちりと音を立てた。本物のミチコさんが死んだときのことを、急に思いだしたのだ。あの年はとんでもなく暑い年だったのに（学校のウサギが暑さで死んだらしい）、この服じゃお母さんが寒いよと、ナナコは棺桶《かんおけ》の前のお父さんに話していたのだっけ。そんなナナコのポニーテールがしおれているのを、ぼくは汗《あせ》をかきかきながめていたんだっけ。

ミチコちゃんをトイレで洗っている途中《とちゅう》、ついにうでがはずれてしまった。肩《かた》の穴にもどそうとしたけれど、むりだったから、そのままで持っていくことにした。

海岸通りを渡《わた》ってすぐのコンビニで紙バッグを買った。本当は棺桶《かんおけ》のかわりになるようなものをさがしたんだけど、売り物の段ボールはなかったからだ。そのかわり、ふんぱつして高い花火を買ってあげた。打ちあげ花火もたくさん入っている高級品だ。小さなまちがいさがしの絵本も入れてやった。

こうしてできあがった紙バッグはぱんぱんで、デパートの福袋《ふくぶくろ》みたいになった。

そのあとぼくたちは、はたしてこの紙バッグをどうしたらいいのかと、歩道わきのブロックに座って相談をした。ナナコにはつらすぎるだろうから、とりあえずは、ぼくがあずかっておいたほうがいいんじゃないか。そういうと、ヒロも賛成した。だけどナナコは、あまり気が乗らないみたいだった。

答の出ないまま、駅までの帰り道をとぼとぼ歩いた。大きな国道をさけて歩いたのは、バスを使わなくてもなんとかなりそうだと、朝にきたときでわかったからだ。車がたくさん通る道だと、ナナコの気持ちが高ぶるようで歩きたくなかった。

近道をしようと、せまい路地裏に入る。夕日に反射して、地面でなにかがきらきら光っていた。そこで顔を近づけてみたら、魚のうろこが水に流されたあとだった。魚を加工する場所があるのかもしれない。そういえば、魚を入れる発泡《はっぽう》スチロールの箱を鉢植《はちう》えのかわりに使っている家もあって、やっぱりここは海の町なんだなと、今ごろになってぼくは思った。若かったころのミチコさんも、うまれたばかりのナナコをだっこして、あちこちめずらしく見てまわったんだろうか。どんな未来を想像してたんだろう、ミチコさんは。

そんなことを考えていたら、うろこの路地の先に、新しいポスターが貼《は》られているのを見つけた。変わった鳥居の写真が印刷されている。どこかで見たことがあると思ったら、いつかコンビニで目にした、人形供養《くよう》をしてくれる神社だった。若い人を意識しているのか、アニメっぽい女の子のイラストまでついている。いわゆる「萌絵《もええ》」で、人形供養の宣伝をしていた。

なんでもかんでもこういうイラストを使うのって、いやだよね。普段《ふだん》のナナコならぜったいにいうのだけれど、今日は吸いこまれるように見つめていた。

「ここ、いいかも」

お母さんが私をうんだ町でミチコちゃんを供養するのは、なにか大切なことみたいな気がするとナナコはいった。はじまりの終わりだか、終わりのはじまりだか、なんだかよくわからないけれど、それがいいような気がするんだ、と。

「……あのさ」

ヒロがこっそりとぼくに聞いた。

「そういう感じ、わかる？　やっぱり文芸部じゃないとむりか」

そしてぼくは、残念だけどわかるよ、と小声で答えた。

14　ナナコ、未来を見る

駅から乗りこんだバスに、人はほとんど乗っていなかった。車内の路線図によると、神社はだいぶ先だ。

カーブを曲がったとき、熟睡《じゅくすい》していたヒロがナナコにもたれかかった。肩《かた》に頭を置いている。でも、あまりに眠《ねむ》たそうだから今日だけゆるしてやった。

「いっせー、今日は私のことで大騒《おおさわ》ぎさせちゃって、ごめんね。最後の部活どころじゃなかった」

「いいよ、別に。それに、青春するっていうのが目的だったから。青春って、こういうのもありなんじゃないの」

ぼくがいうと、ナナコが海とは反対のほうを見た。このあたりではめずらしく、ずっと先にぽつんと小さな山があった。

「私のいきたい高校、あっちのほうにあると思うんだけど……ここからじゃ、よくわかんないね」

聞いてみたら、やっぱり寮《りょう》があるN高校に決めたそうだった。

「あそこなら、あんまり内申とか気にしないそうだし、私みたいな子でもけっこう通ってるみたいだし」

「やっぱり、そこにするのかあ。うちの町からだと遠くなるよな」

「さびしい？」

「少し」

「夏休みになったら、すぐにまた会えるよ……ああでも、夏休みだったらおそいか」

当たり前だ、夏休みまでなんて遠すぎると思ったけれど、ナナコがいいたいのは、それじゃあ先に地球が滅亡《めつぼう》するかもよということだった。もちろん、ふざけていたんだろう。わかりにくかったのは、みんな、いつものように笑える気分じゃなかったからだ。

「ノストラダムスはともかく、寮に入るってなら、お父さんのことは納得《なっとく》できそうなの」

「できない。でも、しばらくは様子を見るよ。はなれてみたら、気分が変わるかもしれないし」

「大人なんだなー」

「キスしたから。ヒロのお姉ちゃんがいってたとおりかもね。私にとって大事なものが、ちょっとだけ変わった気がする」

するといきなりヒロが口をはさんだ。いつのまにか起きていたらしい。寝《ね》ていないなら、さっさとナナコの肩《かた》からどけとぼくはいった。

「俺《おれ》はチューしてないから、大人じゃないんだ。大目に見ろよ」

「関係ないだろ、そんなの」

けれどナナコは、ヒロの頭をそのままにしておいた。なぜかよゆうな感じになっている。よゆうというより、今は頭なんてどうでもいいという感じで、ひざの上にのせていたミチコちゃんの紙バッグを抱《だ》きなおしただけだった。ぼくにはそれがどこか大人な仕草に見えて、自分がはずかしいような気がした。女子はときどき、こんなふうに一段飛ばしで大人に近づくときがある。どうして一段ずつあがらないんだろうと、男子はとほうにくれてしまうのに。

神社は田んぼの中にぽつんとあった。そこだけ林にかこまれていて、ぼくとナナコがよくいく公園みたいだ。鳥居はポスターの写真で見たよりもっと低く、気合いを入れれば乗り越《こ》えられそうだった。

まるで、人形サイズで作ったみたいな鳥居をくぐり、参道を進んだ。

参道の角を曲がると、境内《けいだい》が広がっていた。本殿《ほんでん》はそれほど大きくなかったけれど、びっしりとならべられた人形のせいで、こちらへ押《お》しよせてくるように重々《おもおも》しい。

社務所と書かれた場所へいってみた。ようするに神社の受付で、ブザーを鳴らすと中からおじいさんが出てきた。

おじいさんの話をきいてみると、人形の供養《くよう》をたのむには、ただ置いてくるというわけにはいかないみたいだった。お布施《ふせ》というのが必要らしい。いくらくらいかかるのかたずねてみたら、あなたの心のぶんだけつつんでくださいといわれた。

「そんなこといわれても、心のぶんだったらゼロ円だぞ。真心しかねえ」

ヒロは小声でいった。やめてとナナコに怒《おこ》られ、結局ぼくたちは、三千円を封筒《ふうとう》に入れることにした。ヒロがトンネルでひろった、あの五百円硬貨《こうか》をぜんぶ入れることにしたわけだ。ミチコちゃんもこのお金も、時間の止まったような町に落ちていたものだから、ぜんぶ一緒《いっしょ》がいいだろう。ヒロにはかわいそうだけれど、これですっきりとした。

受付でお金をはらい、記入紙に住所氏名を書いたあとで、いよいよ紙バッグを渡《わた》すことになった。おじいさんから中身を確認していいかといわれ、どうして人形がこんなことになったのか、ナナコはがんばって説明をした。それまでがまんしていたみたいで、途中《とちゅう》からは涙混《なみだま》じりになってしまう。それでも、おじいさんはぜんぶ話を聞いてくれるつもりみたいだった。

いよいよお別れをいうときがきた。

今まで誰《だれ》にも渡そうとしなかった紙バッグから、ナナコはついに手をはなした。

「ああ、待って！　やっぱりあとちょっと！」

一度では渡せず、二回目もやっぱりむりで、しまいにまたバッグを開けてしまう。ナナコは、中に手をつっこんで、ミチコちゃんの形見がほしいといいだした。だけど、もう服も着ていないし、まさかとれたうでを持っていくわけにもいかない。それでもしばらくバッグをあさって、ついに小さなかたまりを取りあげた。ぼくとヒロには、それが人形のどの部分なのかよくわからなかったのだけれど、受付のおじいさんをずいぶんと待たせていたから、早くしまえとナナコをせかした。

「それじゃお嬢《じょう》ちゃん、ついでに、中に入ってる花火も持って帰ってくれるかな？　あぶないから。あと、これ」

おじいさんは紙バッグとひきかえに、お守りみたいなものをくれた。きんちゃく袋みたいで、中から木のいいにおいがした。夏休みに、親戚《しんせき》の古い家へいくと、こんなにおいがする。ぼくは、ネコがマタタビをもらったみたいに、このにおいにうっとりとしてしまった。吸いこんで目をつむると、毎日がヒマで平和だった子供のころにタイムワープしそうだ。それこそ、あのトンネルの先にあった住宅地みたいに、止まったままの時間に帰れそうだった。ヒロもおなじように、目をとろんとさせてにおいをかいでいた。

だけどナナコには、このお守りより、持ちかえった形見のほうがずっと大事だったみたいだ。バスに乗っているあいだも、ずっと手の中ににぎってはなさなかった。一度だけどんなものかと見せてもらったら、なんとそれは目玉だった。まぶたのついた目が、カプセルのようなものにはまっている。閉じる人形の目は、どれもこういう仕組みになっているのかもしれないけれど、やっぱり気持ちのいいものじゃなかった。

それでもナナコにはやっぱりきれいに見えるらしく、窓からさしこんでくる西日にかざして、目玉を見つめたりもしていた。うらない師が、水晶《すいしょう》をのぞきこんで未来をさぐるみたいだ。未来になにが見える、ナナコ？　となりにぼくはいる？　いいことは、ちゃんとぼくらを待っているんだろうか。

205　ナナコ、未来を見る

15　ぼくとナナコとセイキマツ

さて、海へいった長い話も、そろそろ終わりにしようと思う。そろそろ受験勉強の時間も近づいている。三度目の模擬《もぎ》試験まであと少ししかない。ぐずぐずしていたら、世紀末に追いつかれそうだ。

ぼくは海から帰ったあと、部誌の原稿《げんこう》を急いで書きあげた。十年前のぼくにむけてどうしてもいっておきたかったのは、地球は決して滅亡《めつぼう》しないだろうということだった。それは国境とおなじで人間が作った区切りなんだから、地球はまだまだまわる。誰《だれ》かが誰かを好きになって、もっともっと勢いをます。アンゴルモアの大王だって、はじき飛ばしてしまうだろう。

そしてお前ももうすぐ、愛の力で地球をまわす仲間になるだろう。これは、ぼくの予言である――。なんて、本当はそんなことも書いてみたかったんだけど、みんなに読まれるからだめだった。だから十年前のぼくには、漢字だけは少しずつやっておけと書いておくだけにする。あと、また文芸部に入ってやれよ、とも。てきとうさの穴埋《あなう》めに、学校で飼っていたクラゲを海へ帰しにいくという、変な短編も一本書いた。

そんな八月の終わり、ぼくたちは夕方から集まることになった。せっかく中学最後の夏休みだっていうのに、前の週は登校日だったし、うわさでは出ないといわれていた宿題もちゃんとあったからだ。おかげで、最初に海にいったほかは、ちっとも夏休みらしくない夏で終わってしまいそうだった。ナナコとだって、思ったほどは遊べなかった。ミチコちゃんのことがあったせいか、おばあちゃんのリハビリでいそがしくなったせいか、とにかくキスのその先にもいけなかった。

夕方から集まることにしたのは、そんなもやもやをふき飛ばしたかったということもある。それにあの日、神社で返された花火も大量に残っていた。

夕方、公園に集合したとき、すでに遠くでごろごろという雷《かみなり》の音がしていた。湿気《しっけ》もすごい。じっとしているだけでも汗《あせ》が出てきた。

「ごめん、遅《おそ》くなった」

ナナコは花火の入ったバケツを見せた。中には着火用ライターのほかに、四角い鉄の缶《かん》がつっこまれている。焼きのりが入っていたものらしかった。あの空き家に埋《う》める、タイムカプセルのために持ってきたのだとか。そういえば、そんな約束をしていたのをぼくは思いだした。

ナナコは、缶の中に入っていた紙を見せた。短冊《たんざく》の半分くらいの用紙で、一筆《いっぴつ》せんというらしい。サインペンもあった。

「たぬきち先生じゃないから、こっちはシンプルに十年後のことでも書いておこうね」

「あの家の庭に埋めるつもりか？　あそこってソーラーなんちゃらってのができるんじゃなかったの」

ヒロは聞いた。「それじゃあ、埋めたって、十年後は掘《ほ》りだせないかもしれないぞ。ブルドーザーで土ごとどこかにやられるかもしれないし」

「それならそれで、いいと思う」

ぼくはそう答える。「俺《おれ》たち、それまでちゃんと友だちでいるだけで、いいだろ。そうしたら十年後、また打ちあげでもして、書いたことを発表しよう。どうせだから、わざと熱いこととか書いとこうな」

「熱いことは書けるけど、そんなの覚えてられるかあ？　集まることじたい、忘れちゃったりしてな。大人になって」

ヒロはちょっとふざけたつもりだったんだろう。けれど、ぼくたちふたりから叱《しか》られた。


小学校のころまで、花火といえば公園ですませていた。でも最近、公園でやると苦情がくる。スケートボードで遊んでも苦情がくるし、野球をやっても苦情がくる。子供は社会の宝らしいけど、どう考えても追いやられている気がしてならない。

でも、ぼくはそんなことで腹を立てたりしない。少なくとも、そんなことでキレたりはしない。公園で花火がだめなら、別の場所にうつるまでだ。そこで自然と、あの空き家へ久しぶりにいってみることになった。

男の人たちが一度きたから、もしかしたら鍵《かぎ》をつけられてしまったかもしれない。そんな心配をしていたけど、空き家の門はちゃんと開いた。ただし入り口には、立ち入り禁止と書かれた紙がはられている。太い字が怒《おこ》っているみたいで恐《こわ》かった。だから、裏の入り口から家にあがった。正面の玄関《げんかん》を使わなかったのは、立ち入り禁止のいいつけを半分だけ守ったつもりだ。明日からは残りの半分も、いい少年少女になろう。

男たちが帰ったあとの家は、ずいぶんと汚《きたな》くなっていた。あちこち、ひっくり返して調べたあとがある。一階の和室だったところは、畳《たたみ》があげられていた。床《ゆか》の板まではがしたみたいで、下のコンクリートが見えている。

二階の部屋もひどかった。せっかくナナコがかたづけたあの部屋には、泥《どろ》のついた靴《くつ》のあとがたくさんあって、部屋にならべてあった荷物はベッドの上にさんらんしている。最初にミチコちゃんがいた押《お》し入れには、ペンキ缶《かん》がたくさんならんでいた。

近くの壁《かべ》に、赤いスプレーで矢印が書かれている。よく見ると、あちこちにあった。

「壁の中に、なんかあるってことなのかな」ヒロはいった。「もしかして、秘密のものがかくしてあるとか」

「家を解体するときの注意とかじゃないの」

ぼくはいった。昔使ったアスベストが残っていたという話はたまに聞く。町でも、駅の裏側にある古いセレモニーホールで、アスベストを取りのぞく工事をやったばかりだった。吸いこむと、がんになるそうだ。

とにかく、早くすませたほうがいいだろう。ぼくは、使いすてカメラで部屋の中を写した。海に持っていったやつだ。まったく使っていないから、フィルムがたっぷりあまっている。ナナコとヒロを部屋の入り口に立たせて、撮影《さつえい》をはじめた。ぼくとナナコ、ヒロとぼく。順番に写して、あとは部屋だけをとった。

それから、いよいよタイムカプセルにとりかかることにする。ナナコが持ってきた一筆《いっぴつ》せんに、ないしょでメッセージを書く。太いサインペンだと書きにくかったけれど、ナナコはそのほうがいいといった。

「ぐずぐず書くのは時間がもったいないでしょ。さっと書くぐらいでいいんだよ」

それもそうだ。だからぼくも、ばしっと短いあいさつですませようと思った。おっす、十年後の俺《おれ》、元気？　ナナコとまだつきあってる？　学校卒業した？　結婚《けっこん》の話とか出た？　書いているとなんだかんだと言葉は増えてきて、しまいには紙がまっ黒になってしまった。最近のぼくは、未来についてよくばりになっている。

未来でみっちりになった紙を折って、のりの缶に入れた。だけど、缶にはまだあきがある。空間がありすぎて、ぼくの貯金箱みたいだ。そこにナナコは、海から持ちかえってきた砂を入れた。それをじっと見ていたヒロは、思い出の品がまたひとつ消えたなという。でもナナコは、海ならまたいっせーにつれていってもらえるからいいよと答えた（うれしかった）。

ところが、砂をぜんぶ入れても、缶はまだすきまだらけだった。のりの缶だから、あまりすきまがあると、土の重さでつぶれてしまうかもしれない。そこで、部屋にあるものを好きにつめこむことにした。どうせ家ごとまとめてつぶされてしまうだろうから、いいものを未来に避難《ひなん》させてやることにしたわけだ。

十年後にもあったらいいものをしんちょうに選んだ。十年残したいものは、意外と少ない。ゲームのカセット数本。ポケットに入るタイプのボードゲーム。どうしようかと悩《なや》んだＣＤは、知らない人たちばかりだからやめた。古い雑誌もやめた。ポスターも。

部屋のものが終わると、自分の持ちものも入れた。十年後に見たらうれしくなるもの。ぼくは、サイフに入れっぱなしになっていたギターのピックを入れた。友だちがギターを持っていて、すりへって使わなくなったのをもらって入れていたものだ。十年後、ぼくもギターを持っているといいと思う。小説家になれなかったらバンドマンになりたい。誰《だれ》にも話していない、秘密の夢だった。

ヒロは、あの五百円硬貨《こうか》のまねをして、今年に作られた五円玉を入れた。十年後に価値があがっているかもしれないなんていうけど、やっぱり地球は滅亡《めつぼう》しないだろうし、価値なんかあがるんだろうか。それに五円の価値はあがっても、たかがしれているんじゃないだろうか。でも、ヒロにはヒロの夢があるようなのでだまっておいた。

ナナコは、ミチコちゃんの形見を入れるといった。どうやら最初から、タイムカプセルの中に入れてやるつもりで、持って帰ってきたらしい。

「タイムカプセル、十年後に見つからなかったとしても、毎年集まってさがそうね。そのとき、ここが誰かの家になってなかったら」

「十年後は酒も飲めるから、かわりに毎年、飲み会やろうぜ。ソーラーなんたらの下で、宴会《えんかい》しよう。なあ、いっせー。ナナコにふられても、飲み会だけはやろう」

「なんだかそれじゃ、タイムカプセルは見つからないほうがいいみたい」

ナナコはそういうと、ミチコちゃんの片目を、砂の中にそっと押《お》しこんだ。目は、ヤドカリが隠《かく》れるみたいに沈《しず》んで消えた。

「……でも、もしかすると、そのほうがいいのかな。ずっと会えるから」

「どうだろ」

十年後、ぼくたちはまた会いたいって思うものだろうか。正直にいってわからない。十年前のぼくへという読みものには書かないでおいたけれど、そのときは自分より大事だと思っていたくせに、十年後にはすっかり忘れてしまった友だちもいる。でも、だからって今の自分が悲しい人とは思わない。

それに、変わるというのは悲しいことばかりでもないはずだった。たとえばこれはあとづけの話になるけれど、この日から数ヶ月後、たぬきち先生が結婚《けっこん》を発表することになる。嫁《よめ》さんなんかいらんといっていたくせに、保健の先生と電撃《でんげき》結婚してしまった。うわさだとふたりは小説の話でもりあがったのではなく、学生時代によくいった海の話が仲よくなるきっかけになったそうだ。

ヒロのお姉さんは離婚《りこん》した。けれど、ちっとも悲しそうな顔をしていないのは、お姉さんにも新しい恋人《こいびと》ができたからだ。おなじ高校出身で年下の人。もとダンナさんのことなど、まるで忘れてしまったように、いつもべったりしているそうだ。ひとりじめしたいのか、ヒロもまだ紹介《しょうかい》されていないらしい。

こんなふうに人は変わっていく。世紀末を待っているヒマもないくらいに変化して、地球をどんどん新しくしていく。

きっと、それでいいと思う。

……ところでそれなら、ナナコのお父さんはどうなったか。本当に新しく好きな人ができてしまったのか。

実はぼくも、これこそが一番知りたい変化だったのに、残念ながら、こっちはいつまでもわからずじまいだった。お父さんがナナコを怒《おこ》らせないよう、しんちょうにおつきあいを続けているのかもしれない。ナナコが、遠くから見守ると決めたからかもしれない。ただ、もしもお父さんに新しく好きな人ができても、ぼくはもうそれでいいと思うようになった。そりゃあナナコは少しおもしろくないのかもしれないけど、せめて遠くから、ぼくだけでも応援《おうえん》してやろう。

どのみちナナコは、高校に入ればこの町をはなれてしまう。ぼくと会う時間は、これからだんだんと減ってしまうにちがいない。だけど、悲しむのはやめた。むしろそのぶん好きになってやろう。もっと、もっと、もっと。ナナコが迷惑《めいわく》に思うくらい。ぼくだって、思うぞんぶん変わってしまえばいい。思い出がしっかりあるんだから、どれだけ変わっても、もう恐《こわ》くはないはずだ。

さて、四角いタイムカプセルも、なんとか空き家の裏庭に埋《う》め終えた。

目印になるようなものを置いておきたかったけど、あたりにはなにもないんで、近くの木をカメラで撮影《さつえい》しておく。けれど木だって十年後には変わってしまうだろうから、どこまであてになることやら。ぼくがうまれた年、記念樹としてじいちゃんが庭に植えてくれたナンテンだって、今は信じられないほど巨大《きょだい》になっているくらいだ。

それにくわえてナナコは、タイムカプセルにかけた土を、かなりしっかりとふみ固めてしまった。まるで、もう二度と地上に出してやらないってくらいに、ぎゅうぎゅうと押《お》しつぶした。中身がつぶれるぞといっても、きかなかった。

「さよなら、ミチコちゃん。あの世でお母さんに会ったら伝言ね」

夢にまた出てきてっていっておいて。ナナコはそういって、お祈《いの》りまですませた。これじゃあまるで、お墓みたいだといったら、そういう意味もあるという。だからぼくもお祈りをした。さよならミチコちゃん。元気でな。

そして、あのせまいトンネルへとみんなそろって移動した。本当はあのまま庭で花火もやるつもりだったんだけど、ついに雨がぱらついてきたからだ。家の中にもどって雨宿りをする気分でもない。トンネルについたのと同時に、空が割れた。雷《かみなり》が山やトンネルにはね返って、それこそ地球が滅亡《めつぼう》するときみたいな音がひびきはじめた。

「雨宿りするしかないけど、時間かかりそうだなあ」

ヒロが空を見あげてぼやく。すると、いっそここで花火をやっていこうよとナナコがいいだした。

「トンネルの中なら雨もあたらないし、燃えるものもなくてあぶなくないし。音が大きくたって、どうせ雷で聞こえないでしょ。やっちゃおう」

「うわー、トンネルでやるのか。いいような悪いような。でも、使ってないトンネルだからいいか。なんとなく青春っぽいし」

ぼくはそういいながらも、すでにやる気まんまんだった。それに、やばそうなことっていうのはだいたい楽しいもんだ。カロリーの高い食べ物がおいしいのとおなじことで、少しよくないのは、少しいい。

花火をはじめた。もりあがるため、早くも打ちあげ花火にとりかかる。手で持ったまま火をつけると、花火が怒《おこ》ったように飛びだした。トンネルの天井《てんじょう》にはね返り、火花を散らす。きれいで、はかなくて、ついでにうるさくて、やっぱり青春っぽかった。ただ、コウモリには悪いことをしてしまったようだ。それまでここにいるなんて気づかなかったのだけれど、何匹《なんびき》かがおどろいて逃《に》げていった。

ふきだし花火にも火をつける。ドラゴン花火のことだ。ぼくたちはそれを、ジャングルの戦士みたいに飛びこえた。これも青春だから、軽いやけどなんて気にしない。トンネルに煙《けむり》が充満《じゅうまん》してきても気にしなかった。スプリンクラーなんてないだろうし、あってももう動かないはずだった。

最後に、白く大きな音の出るカミナリ花火に火をつけ、空中に文字を書いた。もちろん、その言葉は誰《だれ》にも読めない。それをいいことにぼくは、ナナコスキとカタカナで書いた。最後の炎《ほのお》がなごりおしそうにねばったんで、ナナコスキーになる。なんだか新しい予言者の名前みたいになってしまった。

花火を三本も束ねてやっていたナナコは、いったいなにを書いていたんだろう？　天国のミチコさんに残暑見舞《みま》いか。あまりに夢中だったから、ぼくはたっぷりとナナコに見とれることができた。たぶんこの夏、これがポニーテールの見おさめになる。

花火がすべてなくなったあとも夕立は続いてた。それどころかどんどんひどくなって、トンネルのはしっこからは、雨がカーテンみたいに広がっている。トンネルのすぐわきから、干《ひ》からびていた沢《さわ》が出現して、小さな滝《たき》のようになっていた。でもヒロは心配なんかちっともしていなかった。トンネルの壁《かべ》に飛びついたり、石を投げたりして時間をつぶしている。元気なのって、なににせよ、いいことだと思った。

ぼくはトンネルのはしっこから、そのうちなくなる小さな町を見ていた。

「夏休み、終わるのかー」

いつのまにかそばにきたナナコがいった。「私たち、セックスしなかったね」

「いいよ、そんなの。青春はできた」

「本当に？」

「本当に。まだ青春の途中《とちゅう》だろうけど、でも」

でも、なんだろう。よくわからないのだけれど、ぼくが考えていたのは、キスの先のことだけじゃなかった。たぶん、それよりもっと先のことだ。ナナコが寮《りょう》に入ってからのことだったり、さらにそのあとのことだったり、いろいろ。でも、言葉にはしなかった。

するとナナコが、手をトンネルの先につきだしていった。

「雨あがらないと髪《かみ》の毛くるくるになりそう。私、くせ毛ひどいから」

「ナナコ、そうなの。いっつもポニーテールだから気づかなかった」

「そろそろポニテもやめようかな。時間かかるし、受験生むきじゃないかも」

「その髪型って時間かかるのか。上でむすぶだけっぽいのにさ」

「これだから男子はなあ」

そしてナナコは、頭に手をやって何本かピンをはずしてみせた。本当に、上でむすぶだけじゃなかったようだ。

ポニーテールをほどくと、髪はうねっていた。そこではたと気づいたのは、生きていたころのミチコさんにそっくりということだった。本当の親子なんだから当たり前のことだけれど、やっぱりお父さんよりミチコさんに似ている。髪《かみ》の色も肌《はだ》の色も正反対なのに、そうだった。

「髪おろしたら変でしょ、私」

するとナナコは、ぼくのところに一歩近づいた。似合うよとすぐにいえばいいのに、ぼくはまた見とれてしまって、首をふっただけだった。

最近聞いてないから、好きっていってくれといわれた。そこでがんばって、好きだといってみた。声がかすれた。ナナコのお父さんみたいな声みたいになったといったら、笑われてしまう。お父さんがお母さんにプロポーズしたところを想像してしまったのだという。ぼくは笑った。それから、自分がいつかトンネルでプロポーズするところを想像してみた。もちろん相手はナナコだ。ぼくらはこの町で愛しあって、家を借りて、また子供を作る。

すると、なにもない、なにも起きない町の空が、ぞぞぞ、と鳴った。なんだか今回のは長い音だった。さっきの雷《かみなり》じゃなかったよねというナナコは、おどろいて、どんぐりみたいな目をした。重たい空を見あげて、ぼくにぴたりとくっついてくる。するとまた、ぞぞぞ。

たぶん、夕立がぼくらを祝っていたんだろう。風も木も、夏までも祝っている。

地球も、なにもかもぜんぶ、ぼくらの味方だよといっていた。

伊藤《いとう》たかみ

1971年兵庫県生まれ。早稲田大学政治経済学部卒業。大学在籍中に「助手席にて、グルグル・ダンスを踊って」で第32回文藝賞を受賞し小説家デビュー。2000年『ミカ！』で第49回小学館児童出版文化賞受賞。06年『ぎぶそん』で第21回坪田譲治文学賞受賞。同年「八月の路上に捨てる」で第135回芥川賞受賞。他の作品に『ミカ×ミカ！』『誰かと暮らすということ』『歌姫メイの秘密』『はやく老人になりたいと彼女はいう』などがある。

ぼくらのセイキマツ

2019年4月　初版
2020年8月　第2刷発行

著者　伊藤たかみ
発行者　内田克幸
編集　岸井美恵子
発行所　株式会社理論社
〒101-0062 東京都千代田区神田駿河台2-5
電話　営業 03-6264-8890
編集 03-6264-8891
URL https://www.rironsha.com
印刷・製本　中央精版印刷株式会社

ISBN978-4-652-20306-4　NDC913　B6判　19cm　222p

伊藤たかみの本

『ミカ！』

勝ち気なミカと、それを見守るふたごのユウスケ。
2人が見つけた秘密の動物「オトトイ」とは?
たっぷり子供、ちょっぴり大人な小学生ライフを、軽やかなテンポで描く。
小学館児童出版文化賞受賞作。

『ミカ×ミカ！』

元気いっぱいのミカがフラれてしまったらしい。
戸惑うふたごの兄ユウスケ。
中学生になったふたごたちは、小さな恋にも悩みはじめる。
楽しくも切ない、14歳の日々を描く。
